JN118600

夏屋は、お屋敷の推し作家に執着されました

髙月まつり

illustration:
こうじま奈月

prism bunko

CONTENTS

夏屋は、お屋敷の推し作家に執着されました

新緑も眩しい庭は、手入れをされていないと草木はここまですくすくと育つものなのか。

「都会の美しきジャングル……のような？」

庭に足を踏み入れた一人の男が呟いた。

手入れを想像してうんざりしているようにも、未知の世界を前にして高揚しているようにも感じられる声だ。

背が高くスタイルもいい。彼はそれに加えて、どこか冷淡さを感じさせる端整な容姿と柔らかな薄茶色の髪を持っていた。目の色など灰色ベースに緑や青が散っていて宝石のように輝いている。

「こんなことなら、庭の手入れも頼んでおくべきだったな」

外国人にしては感心するほど日本語が上手いのは、彼の両親が二人とも外国人と日本人のダブルで、且つ多国語教育に熱心だったからだ。

お陰で彼、「甘坂《あまさか》イザーク太郎《たろう》」は、今では数カ国語を難なく操る。

「庭の手入れも必要だが……まずは屋敷の掃除」

イザークは「ハウスキーパーを手配しないとダメか？」と呟いて、溜め息をついた。

数日後に「廃墟の幽霊屋敷に、住み着いたヤバイヤツがいるらしい」と噂になるのだが、このときの彼は知るよしもなかった。

「お惣菜の夏屋」の朝は早い。

野菜を洗って下ごしらえをし、肉を切り、定番と日替わりで十種類以上の惣菜を作っていく。

店は最寄り駅東口の活気ある商店街に属しているが、並びにあったクリーニング店と理髪店、ベーカリーが去年の末に続けて店じまいをしてから、商店街からポツンと離れた一番端になってしまった。

まるで離れ小島だが、「お惣菜の夏屋」は客の流れに関して心配していない。

なぜかというと、商店街の一本向こうの通りには中小企業がテナントとして入っている複合ビルが立ち並んでおり、そこの社員たちが「お惣菜の夏屋」のいい顧客となっているからだ。

昼時は「惣菜二品とライスで五百円」が売れるし、帰宅時間には夕食用の惣菜が売れていく。他の惣菜店のように弁当はなく、昨今の物価高で少々値上がりはしたが、客足は衰えていない。

少々値段が上がっても、それを補って余りある「味」があるのだ。

「おはよう、兄さん」

大きな鍋に乱切りしたにんじんを入れていた「この店の主」である夏原線《なつはらせん》の背に、高校三年生の弟の爽やかな声がかかった。

少し長めの黒い癖っ毛、くっきりとした二重とほっそりとした顎……と、見ているこっちが惚れ惚れするスイートフェイスという亡き父親譲りの「王子様顔」の弟が、親愛と尊敬の眼差しで兄を見つめる。

弟はご近所様評判の「どこから見ても王子様」だが、その兄である線の印象は「武士」か「騎士」だ。

大きめの一重の目で黙って遠くを見ていれば「どこぞの凛々しい若様」で通るのに、子供の頃の「喧嘩大将」っぷりが災いして、二十九歳の今でも、商店街の面々には「やんちゃ坊主」扱いをされている。ちなみに線は、目元が亡き母によく似ている。

「おはよう元《げん》。もう飯の用意はできているから、祖父さんと先に食べてろ」

黒い短髪を三角巾できっちりと包んで白いエプロンをつけた線は、「あと、冷蔵庫に高菜と油揚げの炒め物が入ってるから、それも出して」と続けた。

線は、弟があくびをする様子を笑顔で見つめて指示する。

「ん、了解。……ところで俺の今日の弁当のおかずは？」

「豚バラ肉のしょうが焼きと、いんげんとにんじんの天麩羅、甘めの卵焼き」

「やった！」

元は跳びはねて喜ぶと、朝食の支度をするために茶の間に向かった。

線はにんじんの入った鍋に水をひたひたになるまで入れ、昆布を一枚のせる。そして火を入れた。じゃがいも、れんこんと続いて、下茹ではこれで終わり。

「よし。五分でメインのおかずを作るか」

弟の弁当は、しょうが焼きの入る場所だけが空いている。

線は、豚バラ肉を炒める横で、手際よくしょうが焼きのタレを作って火の通り始めた肉に絡めた。少し甘めのしょうがダレは祖父から習った夏原家の味で、元の大好きな味だ。

可愛い弟の弁当は常に好物で埋めてやりたい。

線は常にそう思っている。


「若、おはよう。今日もいい男だね。一枚写真を撮らせて」

ショートボブの髪形、可愛い熊のイラストが描かれたピンクのTシャツとカーゴパンツ姿で、バイトのレナが笑みを浮かべて店のカウンターをくぐり抜ける。彼女は携帯端末を構えて線の横顔を撮影した。

彼女は、祖父を「大将」と呼んで線を「若」と呼んでいる。

「それは構わないけどな、おい、レナ。お前……今日は早くね？」

店の時計の針は朝の七時半を指している。

「久しぶりに元君の麗しい顔を見に来ただけ。そのあとは、バイトの時間まで奥で寝かせてもらいます」

高校二年から二十歳の今までバイトを続けており、夏原家の勝手知ったるレナはにっこり微笑むと、茶の間に向かって「元君、おはよ！」と大きな声を出した。

「まったくあいつは」

線は悪態をつくが、彼女の行動を止めはしない。

可愛い服装で、ふわふわと掴みどころがないように見えても、彼女はかなり有能だ。何人ものオーダーを素早く受け、優先順位を間違えずに客に惣菜の入った袋を渡していく。

そしておつりも間違わない。常連だからといって他の客と区別せず平等に接する。

それがまた、「気持ちがいいんだよね」と常連に受けているのも気にしない。常に自然体で、線はたまに「彼女は仙人の生まれ変わりなんじゃないだろうか」と思うことがあった。

「さて、と」

線は、出来たてのポテトサラダを大きなバットに広げて少し休ませる。

それが済んだらイチョウ切りにしたリンゴとしっかりと水分を切ったみかんを混ぜ合わせる。みかんは、絶対に缶詰のもの。隠し味として、ほんの少しだけ砂糖を入れると、懐かしくて胸の奥が熱くなる「レトロ風ポテトサラダ」が出来上がる。

「ポテトサラダに果物は入れないで」という購買層が多いので、「レトロ風」は大した量は作れないが、線はこっちのポテトサラダの方が好きだ。

「残念だが、もう少し暑くなったら千切り野菜のさっぱりサラダに切り替えだ。夏はなんにしろ足が早い」

「お惣菜の夏屋」から食中毒を出すわけにはいかない。

線は、去年の夏に人気のあったサラダのレシピを思い出す。祖父がそうであったように、線もレシピの保存をしない。

だから店を引き継ぐと決めた当初、まだ元気だった祖父に「味がなっとならん！」と、よくちゃぶ台返しをされた。

しかし八年も経った今では、祖父の味を再現できるようになった。そこに自分のアレンジを加えても、彼はもう怒らない。

「兄さん、俺もう行くね。学校が終わったらすぐ帰ってくるから、夕方は手伝うよ」

弟王子はブレザーの制服がよく似合う。

線は毎日見ている弟の制服姿を眩しく思いながら、豚肉のしょうが焼きの入った弁当箱を手渡した。

「いやいや。お前は店を手伝わなくていい。ちゃんと勉強して、希望していた大学に行け。頼むから、な？」

「俺は大学へは……」

「兄ちゃんは、お前が大学に行ってくれると凄く嬉しいんだけどなー」

「でも……」

「ほら、そんなしょんぼりするな。綺麗な顔が台無しだ」

線は弟の頬を両手でそっと包んで微笑む。ちょっと怖い顔が、そういうときだけは随分と優しくなった。

「またそうやって、俺を子供扱いするんだから」

元は溜め息をつき、「行ってきます」と店を出る。

「気をつけてなっ！」

元の通う高校は、ここから歩いて十分の場所にある。彼は彼で、いつでも手伝えるように店に一番近い高校に入学したのだ。

それは線もわかっているが、可愛い弟はとても賢いので大学まで行ってほしいと思っている。

「お互いに物凄いブラコンだねー」

勝手に母屋の台所に上がって茶を淹れていたレナは、「相変わらずの光景でした」と納得した。

「まあな。否定しないぞ」

「元君ってあんなにキラキラした美形なのに恋人がいないんだよね。まあ、家庭環境を知っていれば、女子側もおいそれとは告白できないと思いますが。私的にはちょっと嬉しいかも」

「はあ？」

「怖い小舅もいるしー。まあ、あの手の美形は遠くから眺めるのが一番よ。うん。観賞用」

「……もしかして、小舅って俺のことか？」

「まああまあ。たとえだからたとえ。ということで、本来の出勤時間まで仮眠取りますから。それと、大将のことは私に任せてもらっていいよー。若は集中しておかず作って」

「レナ！　人を介護老人のように言うな。俺はまだまだ元気な七十代だ！　ただ腰が悪いだけで！」

祖父が大きな声で線とレナの会話に文句を言うが、顔は笑っている。そして線に「俺のことは気にせず精進しろ」と右手の親指を立ててから障子を閉めた。

「まったく。元気な祖父さんでよかったよ」

両親が十年前に事故で亡くなってから、兄弟揃って祖父の丈《じょう》に引き取られた。

涙と鼻水でぐしゃぐしゃの元を抱き締め、長男だから泣くまいと踏ん張っていた線の頭を撫でて「俺が立派にお前らを育ててやる」と言ってくれたのが嬉しかった。

そこから先はもう、ドタバタと落ち着かない男所帯の生活だった。「お惣菜の夏屋」を繁盛させているだけあって、祖父の料理は旨かった。しかも掃除洗濯も手際がいい。

「子供の仕事は勉強と遊びだ」と言われても、兄弟は家事を手伝った。最初は引き取ってもらった負い目があったのかもしれない。だが家事を覚えていけばいくほど楽しくなったのも事実だ。

祖父も口には出さないが、それが嬉しかったようで、商店街の寄り合いで「うちの孫はできた孫で」と自慢していたらしい。

線は「祖父さんの店を継ぐから」と宣言して高校卒業後の進路に調理師学校を選んだ。

そして線が無事に調理師となり、祖父の味を引き継げるようになった頃。

安心して気が抜けたのか、仕込み中に祖父が腰を痛めた。

それ以来祖父は母屋で寝たり起きたりの生活となり、線が一家を支えている。

線は、レナに詳細を語ったことはないが、彼女も商店街と繋がりができて、あちこちから話を聞いたのだろう。

たまに、今日のように世話を買って出てくれる。

奥の部屋から二人の「また将棋？」「今度は俺が勝つ！」と笑い声が聞こえてきた。

レナの飄々とした態度を祖父は結構気に入っているのだ。

よし。だったら俺は惣菜作りだ。旨い惣菜をたくさん売って、その金でしたいことが山ほどある。

「店も改築したいしな。サンルームを作れば、祖父さんも日向ぼっこできる。気持ちいいだろうし」

取りあえず、したいことを順番に挙げてみた。

「サンルームはいいぞ」

いきなり話しかけられて、びっくりして顔を上げる。

するとと、カウンターの向こうに常連の青年が立っていた。

「あ、おはようございます」

挨拶をすると、彼は若干挙動不審な態度を見せたが「おはよう」と、俯き加減で言い返した。いつもは購入する惣菜の名前しか言わないので、こんなふうに話しかけられるとは思ってもいなかった。

「シャッターが開いていたから、もう用意が整ったのか思ったんだが……」

何も入っていないガラスケースを見下ろし、青年がぎこちなく笑う。

すると柔らかそうな薄茶色の髪が少し揺れた。

顔を合わせたときに目線が少し上がるので、一七八センチの線より長身だ。いつもパーカにスウェットというカジュアルを通り越して若干だらしない格好をしていて、弟の元と同じか、あるいはそれ以上の美形なのにちょっと勿体ないと思う。

また、この青年は日本語がとても上手いが、一年ほど前に仕事でアメリカから越してきたらしい。らしいというのは、たまに話す情報を線が繋ぎ合わせたからだ。彼は寡黙で、話しかけられない限り、まず自分からは口を開かない。だが他人を寄せつけないというわけではなく、他の常連客たちは、自分の順番がくるまでの間、彼を相手によく話をしている。

「この時間だと散歩ですか？」

「ああ」

そっけない短い返事も、一年近く聞いているると感情が乗っているのがわかる。今は惣菜が一つもないので少し落胆していた。

「腹……減ってます？」

「ああ」

彼は「かなり」と付け足して、パーカの上から自分の腹を撫でる。

「……ポテトサラダならあるけど、それでサンドウィッチでも作ります？」

「是非。……ん？　君の店は、パンも扱っているのか？」

「ライスだけ。でもほら、今は俺の厚意ってことで。お代はちゃんと頂くから、気にしないでください」

腰に手を当てて笑う線を見て、青年も納得したようだ。

「よろしく頼む」

「持ち帰り、ですよね？」

「ああ」

コロッケ
旨じゃが 120
野菜コロッケ 100
ハムカツ 100
厚切りハムカツ 150
メンチカツ 180
アジフライ 180
つくね串 90
ビビンバ
ホルモン
生姜焼き肉
照り焼き
ポテトサラダ
ごぼうサラダ
惣菜
屋

「了解。五分、待ってください」

線は急いで厨房に入る。

いつもなら、「ごめん。まだ店はやってないんですよ」と謝って終わりにするのだが。

線は自分の気まぐれを不思議に思いながら、同級生がやっているベーカリーの、旨い食パンを袋から出した。それを厚めに切る。

パン用の焼き網をコンロに置き、その上で二枚焼く。持ち帰るのなら、こんがり焼いてはいけない。焼いたパンは時間が経てば、噛むと軋むのだ。

うっすらと焼き色がついたパンに薄くハニーマスタードを塗り、取り分けておいたポテトサラダをたっぷりとのせる。その上に、食べたときの食感が楽しいだろうと千切りキャベツをのせた。

そして再び、ハニーマスタードを塗ったパンで挟む。対角線状に切り、食べやすいように一つずつラップして完成だ。

「はい、三百円」

線は店の名が入ったレジ袋にパンを入れ、店に出る。

「え？」

「高かった？」

線は身を乗り出し、「二百円の方がいい？」と、青年の顔を覗き込んだ。

「私は、安すぎるのではないかと思ったんだが……」

「じゃあ五百円」

いきなりの値上げに、財布から硬貨を取り出そうとしていた青年の手がぴたりと止まる。

彼の顔には「解せぬ」と書いてあった。

線はニッと、イタズラが成功した子供のような顔で笑い、「嘘、二百五十円ください」

と言う。

青年は納得したように頷き、三百円を線の掌に載せた。

「今おつり……」

「いらない」

「いやいやいや！」

「預かっていてくれ。また、昼に来る」

なんだよそれ。

線は眉間に皺を寄せたが、サンドウィッチの入った袋を大事そうに両手で持って歩き出した彼の姿が妙に可愛らしくて、言う通り「預かる」ことにした。

「なんか……変なの」

レジを「その他二百五十円」で打ち、おつりの五十円はテープでカウンターに貼る。いつも作業をする場所に貼りつけておけば、彼が来たときに気づくはずだ。

「……今度は、一応名前を聞いておこう」

名前を知らない常連は山ほどいる。複合ビルから買いに来る会社員たちがそうであるし、近所に住んでいても商店街の関係者でなければわからない。

それでも、「顔は知っている」から道で行き合ったら会釈はするし、たまには立ち話もする。

線は「最近はいろいろと物騒だから、いきなり名前を聞いて、変なヤツと思われないようにしよう」と心に誓った。

ガラスケースには、パック詰めされた煮物や炒め物、サラダがずらりと並んだ。

「若！　大盛りライスを三つくださーい！　普通ライスは二つ！」

今日も今日とてレナは八面六臂の活躍を見せ、客たちから「よく覚えてるねえ」と感心される。

「いや、それほどでも……」

「『厚揚げと豚バラの煮物』を二パックと、れんこんのきんぴら、王道ポテトサラダをちょうだい」

近所の主婦が財布片手に大きな声で注文した。

「はいはい」

「こっちは、肉団子のトマトソース煮と野菜サラダとライス小で！」

今度は商店街にある銀行の女性行員。

「はいはーい」

レナが飄々と注文を受けた。

本日も「お惣菜の夏屋」は大盛況で、昼のピークをようやく終える。

店の時計の針は午後一時五十分を指していた。

線はぐっと伸びをしながら店に現れ、惣菜の残りを確認する。

「肉団子のトマトソース煮が完売か」

「あれね、肉団子の甘酢あんかけより人気あるよ」

レナはそう言いながら売り切れ惣菜の値段表を下げ、新しいダスターでガラスケースの中を丁寧に拭いた。

「じゃあ、夕方用にもう少し作っておくかな」

「それがいいと思う」

「逆に、いまいちだったのは？」

「いまいちはない。ただ、麺類はやらないの？とは聞かれた。いつものこと」

一人で惣菜を作っている身として、麺類までには手が回らない。それに、この商店街にはラーメン店三軒と中華料理店が二軒ある。

どちらも旨いし接客のよい店だ。麺料理はそっちで済ませてほしい。

「なるほどなー」

「あと、焼き魚が欲しいと、そんなリクエストがちらほら」

「……焼くだけのものは出さないよ」

「なるほどね。だったらあれは？　若、鱈のフリッターに甘酢あんをかけたヤツ。先週のまかない飯。あの惣菜はいい」

「よし。冷凍鱈があるから、それでちょっと夕方の惣菜を作ってみるか」

「…………うちらのまかないは？」

「今日はチャーハンだ。あと、好きな惣菜を一つ、ケースから取っていいぞ」

「やった！」

レナはチャーハンに喜び、陳列ケースの中から鶏肉と野菜のしょうが炒めのパックを一つ取った。


「俺は今日は調子がいいから、お前らは休んでなさい」

祖父は昼食の後片づけを孫にやらせまいと、空いた皿を盆に載せていく。

「いやいや、自分の分は」

レナは慌てるが、祖父は「疲れてんだろ？　寝なさい。牛にならない程度に」と言って、皿の載った盆を持って台所に向かった。

「若、いいのかな？　大将の腰は大丈夫？」

「ああ。リハビリも兼ねてるみたいだからな。重そうな物を持とうとしたら、さすがに俺が止める」

祖父にとってこうして家事をする方が気分転換になるのだろう。線はそう思い、湯飲みに茶を入れる。

「そうですかー、じゃあ、私は歯を磨いてから寝させていただきます」

「おう、そうしとけ。夕方から忙しくなるからな」

線はそう言って微笑み、熱い茶を飲んだ。


レナの勤務時間は、朝十一時から午後二時まで。そして午後五時から閉店八時までという変則だ。彼女は「家に戻るのが面倒だから」と言って、夏原家の母屋でゴロゴロすることが多い。とはいっても男所帯なので、彼女の寝場所はカギをかけられる四畳半の部屋だ。もともと空き部屋だったので彼女の好きにさせた。今では「レナの寝床」と化して彼女の好きな物で埋め尽くされている。

線はエプロンに三角巾姿で、夕方までは惣菜を追加したり、遅くやってきた客の相手をする。いつもと同じだ。

「いらっしゃい。今日はまた、随分と遅いんだな。あれから二度寝した？」

長身の男がのっそりと歩くから熊に見える。彼は今朝、線がサンドウィッチを作ってやった常連客だ。

線は、確実にこちらに向かって歩いてくる彼に声をかけた。

「二度寝は魅力的だったが……仕事が、立て込んでいてな」

「そっか。……で、どれにします？　俺のお勧めは、大根と豚バラ肉の煮物ですけど」

青年はゴクリと喉を鳴らし、激しく頷く。灰色のパーカに紺色のTシャツ、髪と同じ薄茶色のパンツを穿き、足元はサンダルだ。

「まだ冷ましている最中だけど、すぐに家に戻るなら、熱くても平気だと思います」

「もちろんだ」

「他には？　どうします？」

「パンプキンの……あれ、なんといったかな……」

「ああ、いとこ煮。小豆と一緒に炊いたヤツ」

線はケースの中からいとこ煮を取り出してカウンターに置いた。

「それと、だし巻き卵とポテトサラダ。リンゴが入っている方」

「はい。……で、ライスはどうします？　いる？」

ずっと陳列ケースを見つめていた青年は、ふと顔を上げて瞬きをする。長いまつげが優雅に揺れた。

不思議な色の目がキラキラと光を反射してとても綺麗だ。

美形は弟で慣れているはずだが、線は思わず見惚れて感嘆の溜め息をつく。

「パンは……売ってもらえんのか？」

「パンなら、ここから駅に向かって商店街を歩いて二百メートルぐらい先に、旨いベーカリーがあります」

「そうか……わざわざありがとう。では会計を頼む」

青年がパンツのポケットから財布を出すと同時に、線は「千百円です」と笑顔で金額を言った。

安すぎると思ったのか、青年は「え？」と聞き直す。

「間違ってない。大根と豚バラの煮物が四百円、いとこ煮とだし巻き卵がそれぞれ二百五十円、ポテトサラダが二百円。全部税込み。合計で千百円です」

「ふむ」

「まいどあり」

線はきっちり千百円を受け取るとレジを打ち、レシートを彼に渡す。

普通の客なら、ここできびすを返す。しかし青年は線を見つめたままだ。

「やっぱりライスも買ってく？　煮物ならパンよりライスの方が合うと思いますよ」

「そうではなく」

「じゃあ、なんです？」

「明日の朝も……その、君が作ったサンドウィッチを食べられるだろうか」

じっと見つめてくる、清々《すがすが》しいほど端整な顔。灰緑色の目が期待で光っているのがなんとなくわかってしまった。

さて、どうしようか。

線は青年と見つめ合ったまま、困惑した。

自分の作ったものを喜んで食べてくれるのは嬉しい。しかもこれはリクエストだ。できれば応えてやりたいが……開店時間は朝の十一時と決まっているので、目の前の美形青年だけを優遇するわけにはいかない。

実質一人で調理の下ごしらえから仕上げまでをしているので、疲れはたまる。土日定休は幸いだが、それでも一日中寝ていられるわけではないのだ。町内会のつき合いや、会合、面倒くさい頼まれ事、帳簿付けに家の掃除。天気のいい日は、祖父と散歩に行きたい。可愛い弟もないがしろにはできない。一家の大黒柱であるお兄ちゃんは、仕事以外にもやることが山ほどあった。

なので、苦渋の決断をする。

「申し訳ない。今朝のは、本当に俺の単なる気持ち。サービスです。だから、明日からはいつも通りランチタイムに来てください」

「……そうか。残念だが我が儘を言うわけにもいかんしな」

青年は少々年寄りくさい口調で言うと、きびすを返した。

広い背中がゆっくりと遠ざかる。

……というか、「とぼとぼ」という表現が似合いそうな、寂しい後ろ姿だ。ほんのちょっと強い風が吹いたら、倒れて転がっていきそうな気がする。

美形の着ぐるみを着た子供のような、そんな頼りなさを感じた。可哀相オーラが体から溢れて出ている。

それが線の「長男気質」を刺激した。年齢関係なく、「弟妹的な雰囲気の人間」を助けてやらないと気がすまないのだ。

「ああもう、仕方ねえな」

線は跳ね上げ式カウンターの天板を上げて外に飛び出すと、青年に向かって走った。

「なあ、ちょっと！　おい、そこの……格好いいお客さんっ！」

自分でも、言っていて気恥ずかしい。

線は少し顔を赤くして、自分の声に気づかずぼんやりと歩いていた青年の腕を掴んだ。

すると彼は、物凄い勢いで振り返る。

「え？」

「驚かせたみたいで悪い」

「……あー、仕事のことを考えていたから注意力散漫だったようだ。すまない。で？　なんの用だ？」

「リクエストを聞いてやれない代わりと言っちゃなんだけど、来月、『試食会』をやるので是非参加してください」

「試食会……？」

「そう」

いくら美味しい惣菜でも、定番だけでは飽きがくる。そこで「お惣菜の夏屋」は、近くの公民館を借りて年に一度の試食会を開いて客たちの意見を聞いていた。祖父が始めたことだが、線が店を継いでからも変わらない。

「俺は数え切れないほど買いに来ているが、誘われたのは初めてだ」

「お兄さん、去年の試食会のときにはまだうちに来てなかったでしょ。今年もそろそろポスターを張るからさ」

「ほほう。……では、新作も出ると？」

「全部新作です。で、歯に衣着せぬ批評をもとに、新しい惣菜を決める。ね？　楽しそうでしょ？」

試食会に興味が湧いたらしい青年は、何度も深く頷いた。

「その日は何があっても空ける。是非とも参加させてくれ」

「待ってます。……で、あの、ええと……その、一年もずっとうちの惣菜を買ってくれてるのに、今更こんなことを言うのも恥ずかしいんだけど、よかったらお客さんの名前を教えてくれたら嬉しい。言いたくないなら別にいいんだ。でもなんか、不思議な縁ができたような気がしちゃって！」

線は照れくさそうに「俺は夏原線といいます。ちなみに二十九歳です」と言って、右手を差し出す。

「俺は、甘坂イザーク太郎という。作家をしている。三十二歳だ」

彼が職業を付け足したのは、おそらく「お互いの職は知っておく」という単純な理由からだろう。

「自己紹介で年齢まで言ったのは初めてだ。日本人は面白いな」

「あー……なんかつい。すみません。そっか、年上だったのか……いやいや、甘坂さんの年は俺だけの秘密にします。俺は日本人ですが甘坂さんは？」

「ダブルだ。俺自身はダブルとは少し違うが……両親が二人とも日本人とのダブルなので少々複雑だ。だから名前もこういう感じに」

「なるほど！　俺はてっきり、単に日本語の上手い外国の人かと思ってました」

「……マルチリンガルだから。家族で話すときは英語か日本語になる」

「そっか。……でも、日本に来て作家になるなんて凄いですね」

「もとから作家。日本へは大事な用があって来た」

取材とは言わないから、きっと別のプライベートな用だろう。

線は「私用で外国を訪れた人気作家が事件に巻き込まれる」という想像をして、思わず配役を考えた。

「いろいろ大変だと思うが応援します。で、やっぱ締め切りとかあるんですよね？」

「一応。エージェントがうるさい。日本に来るときも『売り込みできるように締め切りは守れ』と言われた」

イザークはうんざりした声を出すが、それでもどこか楽しそうだ。きっとエージェントとの関係がいいのだ。

「あんまり長く引き留めても悪いからこれで。ベーカリーに寄るなら、ここから二百メートル先だぞ、甘坂さん」

「イザークでいい」

「そっか。じゃあ、俺のことも呼び捨てにしてください」

線は人懐こい笑顔を見せて、イザークの腕を親愛の情を込めてバシバシと叩く。

「では、俺はベーカリーに行く」

「気をつけて帰ってくれ！」

小さく頷いて商店街のベーカリーに向かうイザークの後ろ姿を途中まで見送った線は、スッキリした気分で店に戻った。

イザーク、か。日本人の血が入っているから名前に「太郎」があるのか。なるほど。喋り方が少し古くさいのは気になるが通じるから問題ないや。それにしても、ちゃんとベーカリーに行けるかな？　やっぱりついていった方がよかったかな。なんか心配しちゃうんだよな、あの人を見てると……。

線は勝手にあれこれとイザークのことを想像しながら、カウンターに「ご用の際はお呼びください」の札を立てかけて、奥の厨房に向かう。

里芋とイカの煮物がいい香りを漂わせてコトコトと煮られている。

「あとは……箸休め用の浅漬けを容器に入れて、鶏ハムを半分に切って……と」

あー……この鶏ハムも持たせてやればよかったな。うちの鶏ハムはいつも争奪戦なんだぞ、イザーク。そのままでも旨いが、厚めに切って強火のフライパンで焦げ目をつけて、大根おろしをのせて食べても旨い。スパゲティの具にしてもいいんだ。

巨大な寸胴鍋の中では、たこ糸で緊縛されてハムっぽい形になっている鶏肉たちが、たっぷりのスープに浸かっている。

中に火が通るまで煮てしまうと鶏ハムはパサパサになる。ジューシーな鶏ハムにするには、途中で火を止めすべてを余熱に任せればいい。

線はトングで鶏ハムを一つ掴み、ころりとまな板に転がして、たこ糸を解き切り分けていく。そして、一切れ味見をして深く頷いた。

軟らかくてジューシー。鳥の旨味とあっさりした塩味が合体し、これだけで丼飯が三杯は食える。浸かっている汁は、当然万能スープへと変化する。

「よし。今日の鶏ハムも旨い。これは鶏ハム丼にして元のおやつにしてやろう」

男子高校生のおやつは三度の食事と変わらない。

それに線は、躾の一環として弟にやたらと菓子を食べさせなかった。買い食いしたいと言われたときに「だったら兄ちゃんが作ってやる」と胸を張り、数え切れないほどの菓子を作った。

それも思春期までのことだと線は理解していた。何せ、中高生にも「つき合い」がある。

「兄ちゃんの手作り菓子」は、中学生になったら卒業だなと線は思っていた。

なのに気がついたら、線の作る菓子は元の友だちも好きになっていた。

弁当と一緒に「デザート代わりに食え」とパウンドケーキやクッキー、ブラウニーを持たせてやっていたが、元が友人に食ってみろと分けたところ、その友人たちが「こんな旨いの初めて食べた」と感動したそうだ。

それ以来、気が向いたときには大量に菓子を作り、弟に「友だちによろしくな」と、友人分をラッピングして渡している。

「クッキー……か」

線はさいの目に切った鶏ハムと白髪ねぎを、鶏ハムスープと小さじ一杯の醤油、ラー油三滴、ごま油小さじ一杯を混ぜたものに漬け込んだ。

これで、弟が腹をすかせて帰ってきても、すぐに鶏ハム丼を出せる。

そして次は、鱈のフリッター甘酢あんかけだ。

冷凍庫から取り出した鱈は自然解凍を始めている。

「卵の白身と、小麦粉と……」

本来なら試食会に出すメニューだが、ほんの十パックだけなら「幻のメニュー」として店頭に並べてもいいだろう。

線はそう思い、冷蔵庫から卵を取り出す。

「黄身が余るから味噌漬けにしようかな。それとも……ああ、プリンに使おう」

簡単だからいっぱい作って冷蔵庫に入れておく。

レナに持たせてやってもいい。甘くて柔らかいものは誰でも好きだろうから、きっと喜ぶ。

そのとき、ふと線の脳裏にイザークの顔がよぎった。

毎日のように店に来て、惣菜とライスを買って帰る。デザートはコンビニのスイーツだ。いや、コンビニスイーツもなかなか旨いが。

だが、こうも毎日中食ばかりでは、手作りが恋しくなったりしないんだろうか。

「あー……、俺の手作り惣菜を食ってるか。そうだった、そこを忘れてた」

俺の作ったものを毎日食べるなら……平気だわな。問題は栄養の偏りだ。好きな惣菜だけでなく苦手なものにもチャレンジしてもらいたい。もしかしたら食わず嫌いかもしれないし。

線は、今夜もしイザークが店に現れたら、こっそりとプリンをお裾分けしてやろうと思った。「たまには手作りのデザートを食べてみろ」って。

「なんか、いろいろしてやりたくなっちゃうんだよな、あの人を見てると」

線が独り言を言ったと同時に、元が「ただいま、兄さん。腹減った、何かある？　食べたら店を手伝うよ」と言いながら帰宅した。

「ありがとうございますっ！　明日もまた、よろしくっ！」

惣菜とライスの入った保冷バッグを右手に持って、レナは線に深々と頭を下げた。

夕方からの「晩ご飯ラッシュ」は今日も大変だった。

あっという間に閉店時間の八時だ。

「まかないの残りで悪い」

「こんな美味しいおかずを残りとか言わないでしょ。いつもいつもあざっす。自宅用の鶏ハムまで貰っちゃって、レナヤバイ、超ヤバイ。これで今夜は、彼氏とささやかな晩餐会を開けまっするまっする」

レナは意味不明の言葉を飄々と言って、無邪気な笑顔を見せる。

「え？　彼氏がいたのか？」

「できたばかり。さっき、携帯にメールが入ってた。『こないだの件、オケ』って」

なんだそれは。

二十歳かそこいらの娘が、そんな返事で恋人同士になっていいのか？　今時はそういうものなのか。しかしうら若き女子が……。

線はすっかり「お兄ちゃん気分」になり、レナを心配する。

「美少年との恋愛っすよ？　長く続くように祈っててくださいよー」

「いくらでも祈ってやるさ」

「あざっす。そんじゃ若、私はこれで失礼します。お疲れでした。元君もお休み～」

レナはそう言って、足取りも軽く駅へと向かった。

「彼氏って……どんな人かな」

しばらくレナの後ろ姿を見守っていた元は、ふと兄を見つめて笑う。

「お前より綺麗ということはないだろ。兄ちゃんは、お前が世界一の美男だと思っている」

「ははは。兄さんは相変わらず…………あれ？」

元は途中で口を閉ざし、眉間に皺を寄せて前方を指さした。

「こら、指さしはするな」

「俺、あの人を見たことある」

「は？」

弟が指さす先をなぞって視線を向けると、そこには眠そうな顔のイザークがいた。

パーカにスウェット、足元はサンダルというＩいつもの格好だ。

「こんばんは。夜の散歩ですか？」

「………ああ。眠気覚まし」

「そっか」

「腹も減ったから、ついでに寄ってみた」

イザークは無造作に髪を掻き上げ、視線を線から元へと移動させる。

「この子は弟の元で、高校三年生。元、この人は甘坂イザーク太郎といって、うちの常連さんだ」

線を挟んで向かい合っていた二人は会釈をした。

イザークが「もう閉店なのか？」と尋ねる。

「午後八時が閉店時間だ」

「そうだったか。……仕方がない」

イザークは表情も変えずにそう言うと、小さな溜め息をついてふらふらと大通りに向かった。

長身にもかかわらず、またしても、風に吹き飛ばされそうな弱々しさだ。

「気をつけてな？」

信号を渡ったところにはコンビニエンスストアがある。きっとそこで何かを買って腹を満たすのだろう。

線は突然、どうしようもない罪悪感に襲われた。

果てしない「可哀相オーラ」が、イザークから湧き水のように溢れている。それが大量に線の足元を濡らして、体やら服やら心やらが重たくなったように錯覚した。

なんなんだこのプレッシャーは。こんちくしょう……っ！

可哀相の海で溺れかけているイザークに、線が男らしく手を差し伸べた。

「おいっ！　おい、ちょっと待って！　イザークッ！」

イザークはぴたりと足を止め、ゆっくりと振り返る。

そして、よろめきながら線のところに戻ってきた。

「いくらだ？」

線はまだ何も言っていないのに、イザークがパーカの中から財布を取り出す。

「いいから、うちで飯を食っていきなさい、と」

イザークのしょぼくれた顔がきゅっと引き締まった。その横で、元は「兄さんは何を言ってるの？」としかめっ面をする。

「……いきなり私がごちそうになって、いいのか？」

「俺だっていきなり思ったんだから構わないよ。そうそう、うちの鶏ハムをまだ食ったことないだろ？　鶏ハム丼をごちそうする」

いくら相手が常連だとしても、いつもはここまで世話を焼くことはない。

しかし線は、イザークの店への懐きぶりに、昔母屋に遊びに来ていた野良猫の姿を重ねた。彼はここいら一帯のボスで、常に冷静で雄々しい白猫だったが、線から魚のアラを貰うときは信じられないほど可愛い声で鳴き、盛大に喉を鳴らしていた。

線は彼を飼おうと何度も試みたが、彼はそのたびに線に手厳しく接した。それならばせめて食事とトイレぐらいはうちでして、よそ様に迷惑をかけるなと、犬のように庭に猫小屋を作った。彼はその猫小屋は大層気に入ったようで、寿命をまっとうしたときも、線が作った猫小屋の中だった。

線はそのときのことを思い出すたび、「もっと旨いものを食わせてやればよかった」と後悔した。

だから……というわけではないが、いや、そういうわけか、線はイザークにボス猫を重ねた。もっともボス猫の方は、こんな可哀相オーラなど微塵も出していなかったが。

「トリハムドン……楽しみだ」

頬を染めて何かの呪文のように「トリハムドン」と呟くイザークが可愛いと思った。

線の「長男心」がとても刺激されて、もっともっと何かしてやりたくなってくる。

「ほら、こっちだよ」

線はイザークを手招きすると、店の中に入っていく。

イザークが線に続いた。

「……まったく兄さんは、お人好しなんだから」

元は溜め息をつき、彼らのあとを追った。


「ほほう！　イザークさんは作家さんなのか。どういったものを書いているんだい？　日本でも読めるのかい？」

「サスペンス物、です。日本で翻訳されているのは半分ぐらい」

「俺はサスペンスが大好きなんだ。今度買うからペンネームを教えてくれるか？」

イザークは鶏ハム丼を食べながら、線と元の祖父である丈の質問に律儀に答える。

「祖父さん。食べてる最中に話しかけたらイザークが困るだろ」

茶を入れた湯飲みをイザークの前に置きながら、線が笑った。

「だってお前が、こんなキラキラした友だちを連れてきたりするからよ、俺はびっくりだ」

「店の常連さんだって。兄さんはそう言ってたけど……」

昔ながらの茶の間で楽しそうに話をしている中、元だけがどこか不機嫌そうな顔でテレビを見たまま言った。

「外国の人も、日本の惣菜や弁当を食べるのか？　醤油の味はどうだ？　ソイソース！」

「……日本食はなんでも好きです。あー……納豆は少し苦手」

「納豆か、なるほどなー」

祖父は孫たちに顔を向け、「納豆が苦手なのは仕方がないな」と言って笑った。

「祖父さん。あんまりはしゃぐと腰に響くぞ。また店に立つって決めてるなら、少しは静かに養生してくれ」

安静にしていなければならない祖父にとって、イザークの訪問は大事件だ。

だがここは、自重してもらいたい。

「仕方ねえ。そんじゃ祖父さんは自分の部屋に引っ込むとするか。イザークさん、泊まっていってもいいんだからな？　部屋も布団も余ってるんだ」

祖父は慎重に立ち上がり、イザークに微笑んでから茶の間をあとにする。

イザークはぺこりと頭を下げ、やっと食事に没頭した。

「兄さん。やっぱり俺は、明日から店をきっちり手伝うから。だから兄弟で店を盛り上げていこう。ね？」

ここでいきなり何を言い出すんだ……と、線は目を丸くして弟を見る。

「何言ってんだ。夏原家を盛り上げたいなら、まずお前は大学に向けての試験勉強だろ？」

「だから、俺は大学に行かないって。卒業したら兄さんと同じように調理師の学校に行くか、税理士の専門学校に行く」

「お……？」

今までは「大学に行かないで店を手伝う」としか言わなかった元は、今夜に限って一歩前進したようだ。

「元は賢いから資格はすぐに取れるだろう。食いっぱぐれもなさそうだしな。税理士になるのに有利な大学に進めばいい」

「え？　いや、兄さん、あのね……？」

「もうすぐ三者面談があるだろ？　本当なら祖父さんが行くべきなんだけどあの通りだから、俺が代わりに行く。そこで先生と相談しよう。話はそれからだ」

弟が税理士を目指すと将来を語るのは嬉しいが、大学を卒業してからでも遅くはない。

「わかってない。兄さんはわかってないよ」

「わかってるよ」

悪友たちは「年の離れた弟妹は可愛いというが、それは都市伝説だ」と力説するが、線は本当に弟が可愛くて大事に思っている。ブラコンと言われても、胸を張って「そうだ」と常に頷いている。

「俺はお前がとても大事だから、もっと考えて未来を選んでほしいんだ」

「……わかった。兄さんにそこまで言われたら、今は素直に引き下がるよ」

キラキラと輝く美貌の少年が、頬を染めてはにかむ姿は眼福だ。今夜はきっといい夢が見られる。線はそう確信した。

と、そこに。

「ごちそうさまでした。……大変、美味だった」

そういえば、茶の間にはこの常連さんもいた。

山盛り鶏ハム丼を食べ終えたイザークが、空の丼に箸を置き、線に深々と頭を下げてから湯飲みに手を伸ばす。

「いい食べっぷりだ。結構な量を盛ったんだが綺麗に空だ。デザートがあるけど入ります？　俺の手作りプリン」

「是非」

遠慮なしの即答に、線は笑顔で腰を上げた。


「今まで食べたプリンの中で、これが最高だ」

一口食べた途端、イザークは線を賛美する。

「料理も菓子も作れるのか……侮りがたし、日本男児」

「大げさだ。特にお菓子は、分量通りに作っていれば絶対に失敗しない。失敗したと文句を言うヤツは、目分量で材料を扱っているだけだ」

「真理だ。俺も常々そう思っている」

「ただし、やっぱり……経験も大事だ。最初から百パーセント完璧なものは作れないからな」

「なかなかの謙虚さに、好感度急上昇といったところか」

イザークは「ふむ」と小さく頷き、瞬く間に容器を空にした。

勿体ないからとチビチビ食べず、豪快に食す姿が清々しい。

「どうする？　もう遅いから泊まっていくか？　うちは構わないぞ？」

お互い名前を呼び捨てなのだから、口調も随分砕けていく。

にっこり笑って「世話好きな兄ちゃん顔」を見せる線の後ろで、元が「相手に迷惑だろっ！」と大声を出した。

元の声には、イザークを思ってのことではなく「兄を取られたくない」という、たわいのない独占欲が滲んでいる。

線は「そういうところも可愛いな」と兄馬鹿を丸出しにして笑い、イザークは軽く頷く。

「好意は大変嬉しいが、私には仕事がある。気持ちだけ受け取る」

「そっか。まあなー、作家先生じゃ仕方ないか。よかったらペンネームを教えてくれ。本を探して買うから」

恋愛物でなければ、線はなんでも読む。特にホラーが大好きだ。きっとサスペンス物も楽しく読めるだろう。

「イザーク・エヴァーツ。母方の姓を借りた」

「えっ！」

元がいきなり大声を上げたので、線は驚いて「どうした」と尋ねる。

「俺、何冊か持ってる。兄さんもさ、読んで面白かったって言ってたじゃないか。確か

「『扉を叩く子供たち』だ。読んでて怖さに鳥肌が立ったな。凄く面白かった。でもあれ、ホラーだろ？　イザークはサスペンスを書くと……」

『扉を叩く』……」

線はタイトルを言い当てて、首を傾げた。

「兄さん、あれは厳密にはホラーじゃない」

「幽霊やクリーチャーが出てきて、人が無惨な殺され方をしたらホラー」だと思っているし、その本はすべての条件をクリアしているから、線はてっきりホラーだと思っていた。

「なるほど。でも面白かったからよしとしよう」

「凄い確率で日本の読者に出会ったな」

イザークの声は低く小さかったが、喜んでいるのがわかった。

「だったらここでのんびりしてる暇なんかないですよね！　早く自分ちに帰って、新作を書いてください！　あと翻訳本もよろしくお願いします！　俺、イザーク・エヴァーツのファンなので！」

元が「新たに本を買うので、今度来たらそれにサインください」と言った。

最初はイザークに対して敵意があったのに、好きな作家だとわかった途端にこれか？

線もつられて笑う。

「しかし、です。エヴァーツ先生。あんまり兄さんにベタベタしないでください。俺の大事な兄さんなので！」

いやいや、元はやはり弟だった。ブラコン丸出しでイザークに釘を刺す。

「お前なあ……」

線は呆れたが、イザークは笑って「そうか」と言った。

「申し訳ない。俺の弟はたまにこんな感じになっちゃうんだ」

「気にしない。ファンに出会えて嬉しい。そして俺はファンの言う通りに帰宅して創作活動に励むとする。今夜は本当にありがとうございました。大変旨かった」

イザークは深々と頭を下げて礼を言った。

「では気をつけて」と、兄弟は店の前でイザークの後ろ姿を見送る。

「兄さんと仲良くされるのはいやだけど、俺の好きな作家だから複雑な気分……」

元は「ブラコンは承知しております」と言葉を付け足した。

「威嚇しないでくれよ？　大事な常連さんだ。しかし、なんとなく縁があると思って声をかけたけど、こんなふうに繋がるとはな」

線は感心する。

この縁が楽しく続いていくといいなとも思った。

「でな？　一年ぐらい前から、あの屋敷には怪しげな外国人が住み着いてるって話だ」

スーツ姿の男は、線が仕込みをしていても構わずに口を開く。

この男は波田野《はたの》といい、線が小学生の頃からの友人で、今は冷凍食品会社の営業をしている。今日は「近くまで来たから」と、自主的休憩時間を取っていた。

最初は「祖父さんは元気か？」「元君って、今年で何歳だっけ？」と、当たり障りのない会話だったが、ふと会話が途切れたのを切っかけに、本題に入った。

二十年ほど前、線たちが小学生だった頃に、「外国人が隠れ住んでいる屋敷がある」という話が広まった。誰が広めたのかはわからない。噂話とはそういうものだ。

下町商店街を遊び場に育った線たちは、外国人とは殆ど縁がなくテレビでしか見たことがない。もっと詳しく話を聞いたら、住所は近くだという。

しかも噂に尾ひれがついていた。「どこぞの国のスパイ」や「極悪非道のシリアルキラー」「実は人間ではなく幽霊」など、どう考えてもマンガか小説のキャラクターだ。

二十九歳の今なら「なんだそりゃ、アニメかよ」「静かに住んでる外国人に失礼だろ」

と突っ込むことができるが、当時の自分たちは違った。

とにかく冒険がしたかったのだ。

「しかし、あのヤバイ幽霊屋敷が売れるとはなあ。溝口《みぞぐち》のヤツ、何も言ってなかったぞ」

線はふと常連の外国人の顔を思い浮かべた。

最近は近所に外国人向けのアパートが増えたようで外国人の姿をよく見る。イザークもきっとその手の物件に住んでいるのだろう。

日本には大事な用事で来たと言っていた。線は、それが済んだらイザークはアメリカに帰ると思っているので、幽霊屋敷とは無関係だと結論づけた。

溝口は商店街にある不動産会社の息子で、線や波田野とは小学校から高校までずっと一緒の幼なじみで腐れ縁だ。

面白い情報があったらみんなに話したくてたまらないという、ちょっと困った性格の持ち主だが、その情報の恩恵にあずかったことも多いので、今でも友人関係は続いている。

「お喋りの溝口が社外秘だからお前には話さないよと言っていたが、あの屋敷を買った相手に幽霊話は伝わってないんだろうと、俺は思うね。なあ、煙草吸っていい？」

線の返事を聞く前に、波田野は煙草を銜えて火をつけた。

「波田野の想像力は相変わらずだな。ジャパニーズホラーは、外国人にとってシャレにならんらしいから、そこはしっかり伝えてるんじゃないか？　お前、吸うな。煙草は銜えてるだけにしろ」

線は調理場で煙草などとんでもないと友人に注意する。

「わかったよ、ごめん。……でさ、夏原、あのとき俺たちが見たものを覚えてるか？」

「覚えてる。大騒ぎになったからな」

線は苦笑しながらきゅうりを千切りにし、二十年前の「夜の大冒険」を思い出す。

「今あそこに住んでる外国人が何も知らないということは、当然『あの箱』のことも知らないというわけで……」

波田野は煙草を携帯灰皿に入れて火を消した。

「俺たちだって、『あの箱』がなんなのかわかってないだろ」

線はそう言って首を傾げる。

波田野は「まあね。けどさ……きっとまだ埋まってんだぜ」とにやりと笑った。

当時の深夜の冒険は、溝口の母親の「うちの子がいない！」という悲鳴で終了した。

しかもいなくなったのが溝口一人ではなく波田野や線、その他当時仲の良かった連中ばかり六名だったので、すわ集団誘拐かと町内会と商店街、警察と学校関係者までを巻き込んだ大騒動になったのだ。

「耀子《ようこ》先生……元気かなあ。えらい世話になったよな、俺たち」

「元気だぞ。たまにうちの店に寄ってくれる。『あんたたちは、私が今まで受け持った生徒の中で、一番手がかかった』って、ことあるごとに言われんだ」

「……なあ、夏原。今度二人で、『あの箱』を掘り起こしに行かないか？」

「おいおい。住居不法侵入で訴えられるぞ。外国人は訴訟好きって聞く」

線は眉間に皺を寄せて首を左右に振った。

「お前だって気になるだろ？　気になるからこそ、今もこうやって思い出せる。あの夜、外国人の子供の幽霊が、裏庭に何を埋めていたか……」

波田野の声が急に囁き声になって、背中がぞくりとする。

線は当時のことを思い出した。

「それ」は、右手で持ったシャベルをずるずると引き摺り、左手には箱を持っていた。月夜に光る金髪。瞳は月光を反射して銀色に見える。着ている白い服も浮かび上がって見えた。

あまりに美しくて、人ではないと思った。

そう思ったのは線だけではない。

冒険に出た全員が、「あれは人ではない」と認識した。

シャベルで一心不乱に穴を掘っている姿も現実離れしていた。だからあれは多分精霊とか妖精とかいわれるものなのだと、そんなことを思いながら見惚れた。だがそれも、波田野のくしゃみで台無しになった。

子供はぴたりと動きを止め、音のした方を振り返る。

そして、線たちには理解不能な言葉で怒鳴り、突然こちらに向かってきた。

どこをどう逃げたのか、今でもよく覚えていない。ただ、少しでも走る速度を緩めたら、一瞬でも振り返ったらそれですべてが終わってしまうような、絶望的な気持ちだったことだけは覚えている。

恐怖のあまり笑いながら走る線たちを警察が発見した。

みなたった九才であったが、人間は恐怖の度が過ぎると笑ってしまうのだと知った。

「なんか……胃が痛くなってきた。あんまり思い出させんな、波田野」

「だってさー。あの『箱』は幽霊が追ってくるほどの物だぞ？　絶対にお宝だって」

波田野は、ミントタブレットを口に放り込む。

「それは俺も気になるが、やっぱやめとけ。呪いのアイテムだったらどうする。お前はゲームでも、呪いのアイテムを主人公につけさせるうっかり者じゃないか」

線は、大きなボウルに米酢と砂糖を入れて混ぜ、そこに醤油を少々とラー油を数滴垂らす。冷ましておいた茹で鶏を鍋から取り出し、丁寧に縦長に裂く。横の鍋では、春雨と一緒に千切りのにんじんが茹でられていた。

「でも気になって仕方がないんだわ。……しかしまあお前、相変わらず手際のよろしいこと。うちの食材を使う予定は？」

「エビフライに使える有頭エビと、炒め物用の剥きエビなら欲しいな」

「同じ冷凍でも、うちは加工食品なんだけど。知ってるくせに酷えヤツ！」

波田野はそう言って笑う。

線も笑い返しながら、両手はしっかり仕事をしていた。

『じゃあ、またなんか面白いことがあったら、教えに行く。つうか、たまには飲みに行こうぜ。プチ同窓会。合コンでもいい。な？』

そう言って、波田野はようやく仕事に戻った。

「まったく。人の店を休憩所代わりに使いやがって」

そうは言っても、友人が訪ねてきてくれるのは嬉しい。

線は鶏ときゅうりをボウルに入れ、春雨とにんじんをザルに空けて湯を切る。それを合わせ調味料が入ったボウルに入れ、一気に混ぜる。最後にほんの数滴ナンプラーを隠し味にして、中華風春雨サラダを作った。

コトコトと、肉じゃがもいいあんばいに煮えている。

夏屋の肉じゃがは売れ残ったことがない。客の中には、マイ容器を持ってきて「肉じゃがちょうだい」と言う者もいる。

祖父から習った味で、線も肉じゃがにはプライドがあった。

「唐揚げと、白身魚のクリームコロッケは揚げ終わった。和風ハンバーグは完璧に出来上がっている。煮物もカレーもあるし、昼はこれで大丈夫だな」

定番惣菜のひじき煮や切り干し大根を量って容器に詰め、陳列ケースに並べていく。甘い箸休めも必要だと祖父に言われて作り始めた花豆の甘煮も並べた。

そこへ、レナが手を振りながら近づいてくる。

「おはようっす、若！　ギリギリ出勤で申し訳ない」

元気がいいのは、きっと昨日話していた彼氏と上手くいっているからだろう。線はそう思った。

「昼のメイン惣菜はなんすか？　若」

「今日は唐揚げと和風ハンバーグと肉じゃが、白身魚のクリームコロッケもある。あと、久しぶりに中華風サラダを作った。汁が垂れるから、お客さんに渡すときに気をつけろ」

「了解でーす」

レナはのんびりと敬礼して、「戦闘服」に着替えるため母屋に入る。

「さて、と。イザークは今日、何時頃に来るんだろうな。さっさと来ないと、すべてがなくなるぞ」

線は、素晴らしい食べっぷりを見せたキラキラ美形の姿を思い出しながら、作業を再開した。

毎日のように顔を合わせていたのに、それが急にぱたりとなくなると「どうしたのかな？」と心配になる。

一日目は「あれ？　来なかったな……」で終わったが、それが二日三日と続くと、他の常連客も「いつもの、アメリカ人の兄さんはどうした？」と線に尋ねてくる。

おっさんたちは外国人はみんなアメリカ人だと思っているので、イザークもアメリカ人扱いになった。

そして、四日五日と顔を見せないと、線はいても立ってもいられなくなった。

「……どうせなら……住所を聞いておけばよかった！　すっげー気になる。仕事のしすぎで倒れていたらどうしよう。腹が減って倒れていたらヤバイ。助けに行ってやらないといかんよな。いやしかし、どうやって住まいを探す？　個人情報の保護的にどうなんだ？」

それでもどうにか我慢して六日七日。

そして八日目の午後八時。

「お惣菜の夏屋」はいつも通りの閉店時間となった。

今日も今日とて、陳列ケースの中は三パックしか残っていない。ほぼ完売……と言ってもいい。今日は箸休めの惣菜も出がよく、残っているのはスタンダードなきんぴらごぼうが一パックと、浅漬けが一パック。そして奇跡的に中華風春雨サラダが一パック残っていた。

「どうする？　レナ。欲しいなら中華風サラダ持ってけ」

「いやー、今日はさすがに作ります。ははは。で、ライスを買っていってもいいですか？　三百グラムほど。うち、炊飯器ないんで」

線は「金はいいから好きなだけ持っていけ」と笑い、レナの財布を引っ込ませた。

「あざっす。……そういえば、若。外国人の常連さんは今日も来ませんでしたね。一週間以上ですよね？　そうなるともう来ないかなー」

今までの勘から言って……と付け足して、レナは肩を竦める。

「そうだな。きっと仕事を終わらせてアメリカに帰ったんだ」

「ホントにアメリカ人だったんですか？」

「どうだろう」

とそのとき。茶の間から固定電話のベルが鳴り響く。

「はい、夏原ですが。…………はい？　え？　もしかして……イザーク、さん？」

電話を取った元の口から「イザーク」という名前が出た。

体が先に動いた。

線は勢いよく、店から茶の間に続く引き戸を開けると、弟に向かって右手を伸ばした。

「待ってください。今、兄と代わりますから」

元は線に電話の子機を手渡す。

「どうした！　八日も店に来ないと思ったら、いきなり電話か！」

どうして電話番号を知ってる？なんてことは聞かない。レジ袋と箸に、しっかり住所と電話番号が載っている。「お惣菜の夏屋」は、惣菜の予約も受けているのだ。

「……うん。うん…………は？　なんだそれ。まあいい、じゃあ、そっちの住所を教えてくれ」

線は、元の前で右手でペンを持つ動作をして見せ、ボールペンとメモ帳を受け取る。

「うん。……はい、……はい。了解。一時間以内にそっちに行く。じゃあな」

そして、線はイザークからの電話を切った。

「はー……っ！　まいったよなー。うちは配達はしないってのによー。あいつは何をどう勘違いしたのか、俺に弁当の配達を頼みやがった……！」

口調は荒いが顔は緩んでいる。

「兄さん、凄く嬉しそうなんだけど」

「うん。若って……M《エム》なのかS《エス》なのかよくわかんない」

元とレナは、呆れた顔で揃って囁いた。

「さてと、そんじゃ、夏原家の夕食をごちそうしてやるか！　じゃあな、レナ。気をつけて帰れよ？　お疲れさん！」

線はレナに手を振って、厨房へと移動する。

夕食は、取り置いていた肉じゃがと、これから作る鶏もも肉の照り焼き。

サラダはタラコのスパゲティサラダ。

「元、ちょっと手伝ってくれないか？」

線のヘルプの声に元はすぐさま頷き、シンクでしっかりと手を洗った。

「俺は何をすればいい？」

「鶏もも肉を冷凍庫から出して解凍。それと、だし巻き卵を作れ。できるよな？　兄ちゃん、しっかり教えたもんな？」

「了解。絶対にガッカリさせないから」

元はそう言って、業務用の冷凍庫から鶏もも肉を引っ張り出した。

そして弁当が出来上がった。

外国人は照り焼きが好きと聞いたことがあるので、メインは鶏もも肉の照り焼き。甘めの卵焼きと炒めたソーセージ。揚げなすのミートソースがけ。ポテトサラダ。箸休めには祖父特製のカリフラワーとミニトマトとにんじんのピクルス。スパゲティサラダも入れた。ちょっとした行楽弁当のような、楽しい弁当が出来上がった。

「兄さん」

「ん？」

「値段はどうするの？」

元は、弁当の容器でなく家にある大きなプラスチック製の密閉容器に詰められた弁当を見下ろす。

「あー……あの人がな、値段は気にしないから旨いものが食いたいって言ったからさ。だから兄ちゃん頑張ってみた」

「そっか。じゃあ、三千円くらい貰えばいいよ。凄く美味しそう」

「俺は元の作った卵焼きとおにぎりが、随分上手くなっていて兄ちゃんはびっくりだ。そして嬉しい」

俵形の上品な一口サイズのおにぎり集団。海苔が巻かれたり、薄焼き卵が巻かれたりしており、見た目も可愛い。

途中で一個失敬して味を見たが、握り具合も塩加減も絶妙だった。甘めの卵焼きも旨かった。

「え？　ホント？　俺、兄さんに褒められるほど上手くなってた？」

「ああ。お前は祖父さんに似て手先が器用だから、こういう繊細なものが上手いんだよな」

線は自分と弟の掌をぴたりと合わせ、「お前の方が指が華奢だ」と笑う。

「そ、そんなの関係ないよ。兄さんはケーキのデコレーションだって上手いし」

「そういえば俺が作っておいたカップケーキがあったよな？　オレンジピールの入ったチョコカップケーキ。あれをデザートにしてやろう」

「え」

「思い出させてくれてありがとうな、元」

線は元の頭を乱暴に撫で、母屋の台所に向かった。

「……そういうつもりで言ったわけじゃないんだけどな」

元は溜め息をつき、「カップケーキは全部持っていかないでね」と兄に釘を刺した。

自転車の荷台にしっかりと荷物をくくりつけ、線はイザークの住まいへと向かう。

元が、メモ帳に書かれた住所を線のスマートフォンに打ち込んでくれたので、現在地と目的地を確認しながらの安全運転だ。

「ここいらは閑静な住宅街だったな」

昔は野っぱらで、よく学校帰りに秘密基地を作りに寄ったっけ。……で、その向こうに、例の「怪しい外国人がひっそりと暮らしている洋館」があった。店から結構離れていたんだな。今ならともかく、あの頃つるんでいた仲間たちの行動範囲を逸脱してるぞ、おい。そりゃ親たちも本気で心配するわー。

線はふと、自主的休憩を取るために店に入って無駄話をしていった幼なじみの台詞を思い出す。

『でな？　一年ぐらい前から、あの屋敷には外国人が住み着いてるって話だ』

「あ、あそこじゃん」

暢気に言ってから、「おい」と自分に突っ込みを入れた声が低くなる。

イザークが住んでいる場所の住所と「幽霊屋敷」が重なるとは思ってもみなかった。

マジかよ。イザークは屋敷のいわくを知らずに今も住んでいるってことか？　月光に輝く金髪を持った外国人の子供の幽霊。そいつが埋めた、得体の知れない何か。

何かに取り憑かれたように、月光に照らされながら深夜にシャベルを引き摺り回すイザークの姿を想像して、線は思わず鳥肌を立てた。

「待て、待て待て待て。待て俺。ステイ俺」

自分にそう言うと、自転車を止めて深呼吸をする。

人通りのない住宅街。頼りなげな外灯だけが線を照らしていた。

でも、これは現実だ。

すっかり暗くなっているから、ついホラーな世界を想像してしまうのだ。

「よし」

再び、ゆっくりと自転車を漕ぐ。

地図はもう必要ない。場所はわかっている。

鉄製の柵が敷地をぐるりと覆っていた。

同じく鉄製の門は綺麗な装飾が施されているが、手入れを放棄されて錆だらけになっている。

線の記憶の中では、柵も門も目映いばかりの白だった。

「あの人が住んでる場所が、本当にここだったとは……。最悪だ」

線は門扉をゆっくりと押して、自転車が通れる隙間を作る。

耳障りな金属音は近所迷惑だ。断じて怖くなんかない。今度イザークに油をさせと言ってやろうと、線はそんなことを思いながら敷地の中に入り込む。

「自然のままの庭というか、小学生男子には抗いがたい魅力が備わっている庭というか、いやそれよりも手入れしろよ。一年も住んでるなら」

そう突っ込まずにはいられなかった。

車寄せのある玄関に続く石畳から顔を覗かせている草花は可愛い。しかし、それ以外の「庭」と呼ばれる場所は、秘境のようなありさまだ。

今は新緑の季節なので、勢いよく育つ草木の瑞々《みずみず》しい香りが強く漂ってくる。

「いや、いっそ業者か。この規模は」

様々な種類の虫の声が、ともすれば誰かの囁き声にも聞こえてくる。

虫の鳴き声だから！　全部虫！

線は自分にそう言い聞かせてゆっくりと玄関に辿り着いた。

草木が夜風に揺れてザワザワと音を立てているのが不気味だ。

背後に誰かが立っているような気がしてならない。気になるが絶対に振り向かないで前進する。

玄関脇に自転車を置き、荷物を持って呼び鈴を鳴らす。

呼び鈴の音程が微妙にズレていて、それがまた線の不安を煽った。

「ハイッ！　ようこそ線、待っていたよっ！」

呼び鈴を鳴らして数秒も経たないうちに、突然玄関が開いて美男が現れた。

手入れの行き届いた薄茶色の長い髪と完璧な目鼻立ち。特に大きな灰緑色の瞳は見ている者を惹きつける。

身長はイザークと同じぐらいだろうか。

人間が現れたのは嬉しかったが、大声に驚いて固まってしまった。

「あら？　固まってる？　そんなに驚かせてしまったかい？」

美男が優雅に微笑む。長いまつげで瞬きされると、ふわりといい匂いのする風が届きそうな気がした。

そして線は、一つの事実に少々落胆した。イザークには一緒に暮らすパートナーがいたのだ。しかも美男の彼に似合いの美男だ。どこへ行っても注目を浴びる似合いのカップル。綺麗すぎて目が眩しい。

中には「どうせ長続きしないだろ」などと、羨望が高じて呪詛じみた言葉を吐く者もいるだろうが、彼らはそういう輩は笑顔で無視するに決まっている。本当にお似合いのカップルだ。微笑ましい。

……なのに、どうして落胆しているのか、自分でもわからない。

一言ぐらい言ってくれればよかったのにな。そしたら俺も、こんな馬鹿みたいに頑張って弁当なんて作らなかった。

そんなことを思いつつ、線は美男を見つめて愛想笑いをする。

なんとなく誰かに似ているような気もしたが、誰かが思い出せない。

「待っていてくれたのは嬉しいですけど、俺は余計なことをしちゃったかもしれない。あなたが料理を作るんですよね？　これなら弁当じゃなく材料を持ってくればよかった。俺が店を出たあとに、きっとキャンセルの連絡が入ったんでしょう。まあいいや、取りあえずこれで失礼します」

大きな荷物を持ったまま玄関を出ようとした線の腕を、美男が物凄いスピードでむんずと掴んだ。まるで狩りをする野生の獣だ。しなやかで美しい。

「帰ったら困るよっ！　絶対に困る！　何を誤解しているのか知らないけれど、僕に料理ができるわけないでしょっ！　君だけが頼りなんだっ！　線っ！　僕と兄を餓死寸前の空腹から救い出してくれっ！」

今、「僕と兄」って……言いましたか？　美男さん。

線は目を丸くして、自分の右腕に両手を巻きつけている美男を見た。

「僕は甘坂ジョーイ。イザークの弟で、ほんの一時間前にここに到着したばかりなんだ。兄は何も食べずに仕事に没頭しちゃって、ついにキーボードに額を押しつけたまま倒れちゃったんだ。しかも冷蔵庫の中は空っぽだし、僕も猛烈にお腹がすいているしっ！」

「え？　いやでも……俺が電話を貰ったときは……あの人は」

「僕が往復ビンタをお見舞いして、意識を取り戻させたのさっ！」

ジョーイはビンタと言ったが、彼の手は「パー」ではなく「グー」になっている。

「あー……」

線はイザークに心から同情したあと、なぜか気持ちが高揚するのを感じた。

高揚した理由は自分でも説明がつかないので、今は放っておくことにする。

まずは、線に弁当を注文した本人と会わなければ。

「線、兄はこっちだ」

「は、はい」

小学生の頃、外からしか見たことのない洋館はとても大きく感じていたが、今は「こぢんまりとしていて可愛い」と思う。

目線が変わると感じ方も変わる。

線はジョーイにエスコートしてもらい、一階奥の部屋に向かった。

板張りの床は年期が入って黒光りしているが、端には埃がたまっている。顔を上げると、明かりを取り込むための窓にも埃がたまっていた。しかも蜘蛛の巣まである。

男一人で洋館に住んでいれば、使わない場所が埃だらけになるのは仕方がないだろうが、毎日歩くだろう場所は綺麗にしておいた方がいい。

線は、掃除なんてすぐに終わるのにと思いながら、ジョーイが開けた扉の向こうを見て絶句した。

紙が、舞っている。

埃と一緒に舞っている。

そして落ち、積み上げられている。

ここは一体どこの印刷所なのか。

床に落ちている印刷済みのコピー用紙と、何度か崩れたのだろう書籍で床が見えない。そもそも床に物を置くなど線には考えられなかった。

「兄さん。線が来てくれたよ。これでようやく、美味しいディナーの時間。ワインを開けましょう！」

「ワインならロゼで。辛めのロゼがあるなら、それがベストだ」

思わず口を挟んだ線を、ジョーイは目を丸くして見る。そして次の瞬間破顔した。

「線って、兄みたいなことを言うんだね。はい、了解しました、料理長殿。僕ジョーイは、地下にある兄秘蔵のワインセラーにご希望のワインを取りに行ってまいります」

ジョーイは可愛らしく敬礼をすると、スキップをしながら部屋から出ていく。

イザークは弟のはしゃぎっぷりに閉口しているのか、不機嫌そうに眉間に皺を刻みつつ、椅子を回転させて振り返った。

「随分と……久しぶりのような気がする」

彼の左頬には、「グーパンチ」の赤い痕。

殴られた痕があっても美形は美形なんだな。むしろ格好いいなと、線はどうでもいいことを思って笑う。

「……笑うな。みっともない」

「弟にやられたのか、それ。腹が減ると、人間は気が短くなるからな」

「そうだな。……腹が減ってそろそろ死にそうだ。早く食わせてくれ」

「ここで弁当を広げさせるもんか」

すべて紙ゴミなのは幸いだが、それでも、汚いことには変わりない。幽霊屋敷が汚いのは定番かもしれないが、線は、自分がここにいる以上はどうにかしたいと思った。

「じゃあキッチン、かな。俺が使っているのはこの部屋とキッチン、あとはバストイレだけだ」

「部屋はたくさんありそうだが？」

「必要ない。それより……腹減った」

イザークはのっそりと腰を上げ、線が持っている弁当に近づく。

「動物園の熊か、お前」

「それでもいい。とにかく今は……線の作った弁当が食べたい」

「そんなに腹が減ってるなら、もっと早く電話を寄越せばよかったんだ、馬鹿」

線は弁当を持ち、イザークを誘導するようにゆっくりと扉を目指した。

するとイザークは「あ」と短い声を上げ、気まずそうに顔を背ける。

美形が照れると可愛くなるのは、弟で体験済みだ。線は、いきなり可愛くなったイザークをニヤニヤしながら見つめた。

「両手に……執筆の神が降臨してな、寝食を忘れた」

「ああ、なんというか……あなたらしいっていうか……。ほら、倒れないよう気をつけて歩いてくれ」

積み上げた書籍の山に何度も激突するイザークに、線が注意を促す。

「わかっている。……ああもう、体がいまひとつ上手く動かん」

「おんぶしてやろうか？」

「結構だ。自分で歩く」

強がってはいるが、さっきは熊のように見えたイザークの歩みは、今度は生まれたての鹿のように辿々しい。

伝い歩きでもちゃんと歩けないのは危ない。

「キッチンって、どこにあんの？」

「廊下をまっすぐ行った突き当たりを、左」

「じゃあ、これを置いてくるからちょっと待ってろ」

「は？」

「ダメだ、その歩き方。危なすぎる。ちゃんとおぶってやるから」

イザークが「ちょっと待て」と言う前に、線はさっさと部屋から出た。

美しい白亜のキッチン。何もかもが新しく、綺麗に片づけられている。というか使われていない。廊下やイザークの仕事部屋とは大違いだ。

「こういうキッチン……いいよな」

十畳ほどのアイランドキッチン。作業台は大理石で、触れるとひんやりとする。

スパイス棚には、線が初めて見る種類もあった。

「こんな場所で料理を作ればきっと楽しいだろうな」

「……のんびり感想を言う暇があったら、弁当を出せ。俺はもう、空腹で本当に死ぬ」

ぷるぷると足を震わせながら、イザークが必死の形相でキッチンの扉にしがみついていた。

「兄さん、面白い格好」

反対側の扉からはジョーイがワインを持って現れる。

「ワインはこれでいい？」

ジョーイは軽やかに兄に近づき、銘柄を彼に見せた。

「よく見つけたな。これはいいワインだ」

嬉しそうに微笑むが、イザークはその場にずるずるとしゃがみ込む。

「だから俺が椅子に座らせてやるって言ったじゃないか」

線は呆れ声を出し、イザークに肩を貸して立ち上がった。

「情けない」

「そう思うなら、今度から腹が減ったらすぐ俺の店に来い」

溜め息をついて項垂れるイザークに、線は笑みを浮かべて優しく言った。


「たとえるならば、それは、ささやかな空間に降臨した宝石の城」

「ほんの少しでも触れたら、この世から消え去ってしまいそうに麗しく愛おしい」

……と、イザークとジョーイは線が作業台に並べた弁当を前に、それぞれポエムで感想を述べる。延々と外見を語るものだから、線は呆れた。

「いつまでも見てないで食え。冷めても旨いように作ってあるから、そのままどうぞ」

線は二脚のグラスにワインを注ぎながら言った。

「線は？　飲まないの？　食べないの？」

「俺は帰るので飲みません」

その途端、今にも死にそうにしていたイザークがよろよろと立ち上がった。

「せっかく来たんだ。茶ぐらい、飲んでいけ」

「そうだよ、線。兄さんの淹れる飲み物は、たとえそれが水であっても世界一なんだから」

ジョーイは線にグラスを傾けて「乾杯」と微笑み、先に一人で飲み始める。

「ジョーイ、行儀が悪い」

「安心してくれ兄さん。兄さんの分まで食べたりしないから」

彼はフォークで鶏もも肉の照り焼きと俵形のおにぎりを皿に取り、上品に口に入れた。

そして「うっ」と低い呻き声を上げて両手で口を押さえる。

「えっ！　何か悪い食べ物でもあったか？　もしかしてアレルギー？　まずいな、とにかく救急車を呼んで……」

「美味しくて……天国が見えた」

焦っていた線の頬が軽く引きつった。

ジョーイは目に感激の涙を浮かべ、「アメージング」と「ヘブン」を繰り返す。

目にも鮮やかな美男だが、なんて人騒がせな喜び方をするんだろう。

線は深く長い溜め息をついた。

「本当に美味しいよ。それに、日本食って油をいっぱい使わないからヘルシーだよね。肉と魚と野菜のバランスが取れていて……。ん、美味しすぎる」

人間、美味しいものを食べると自然と笑顔になる。

まさにジョーイはキラキラと輝く笑みを浮かべて、自分の分のおかずとおにぎりを物凄い勢いで平らげていた。

「食べっぷりが豪快でいいな。俺はそういう人間は好きだ」

「それって告白？　告白ならつき合ってもいいよ。料理ができる日本男児って最高じゃないか。僕の方こそよろしくね」

「あ、すまん。他意はない。そういう意味で言ったんじゃないんだ」

「そう。残念」

「お前は黙って食事をしていろ」

彼らの話に割って入ったイザークは、ティーカップを線の前にそっと置いた。

花の模様があしらわれた繊細なカップ＆ソーサー。銀のスプーンが添えられている。

「まずは、そのまま一口」

「お、おう……」

言われるまま、ティーカップを持って一口飲んだ。

爽やかでいて、どこか甘い香りのする飲みやすい味だ。

「ん……？　俺は、この味を知っているぞ？　イチゴ……か？」

「当たり。季節の果物のフレーバーティーも侮るなかれ。なかなかに旨い。ここに温めたミルクを入れると、イチゴミルクのような味になる」

イザークはそう言って、とぷんと、ミルクを注ぎ入れた。

香りが変わる。

線は「ほほう」と声を上げて、ミルクティーを飲んだ。旨い。まるっきりイチゴミルクではないが、なんともホッとした気持ちにさせる味だ。

「紅茶がこんなに旨いなんて初めて知った。凄いじゃないか」

瞬く間にティーカップを空にした線は、「ごちそうさまでした」と言って席を立つ。

「どうした？」

「だから朝が早いから帰ろうかなと」

「このボックスを洗い終わるまで待て」

イザークは弁当用の容器を指さしてから、線の肩に手を置いて椅子に座らせる。

「あとは殆ど兄さんのものだよ？　はー、美味しかった。たまにこうして、仕事を忘れてガッツリ食べるのもいいね。日本食ってステキ」

俵形のおにぎりやスパゲティサラダをばんばん腹に収めて言う台詞ではないが、ジョーイがあまりに満ち足りた表情をしているので、線は何も言わずに頷く。

「ならば、こっちの大皿に……」

「おい、イザーク」

線は、大皿に残りのおかずを移そうとしているイザークに、低い声を出した。

「なんだ」

「なんで食べずに、次から次へと違うことをする？　さっきまで死ぬとか、俺の作った弁当を食わせろとか言ってたくせに。実は期待していたおかずと違ってたからガッカリとか？」

あれだけ褒めておいて、いつまで経っても食べませんはないだろう。線は唇を尖らせた。

「なんというか……勿体なくて」

「は？」

「こんな立派な弁当を用意してくれるとは思わなくて……本当に、勿体なくて箸をつけられん」

写真を撮って、その後は冷凍保存したい……と、イザークは真顔で言う。

「兄さん、勿体ないからこそ一番に食するものじゃない？　美味しいものを後回しにしていると、本当に食べたいときに食べられないよ？」

まったくだ。

線はジョーイに同意し、「食べてもらえるのが俺の喜びだ」とアピールする。

「……そう、だったな。空腹すぎて、思考が定まらなかったようだ」

イザークは小さく笑って箸を持つ。

そして、鶏もも肉の照り焼きを頬張って感嘆の声を上げた。

線は、イザークが食べ終えるまで屋敷に残った。容器は綺麗に洗ってもらえたが、お陰さまで時間はもう十一時近い。

惣菜の仕込みで朝の早い線は、本来ならベッドに入る時間だった。

「我が儘を言って申し訳ない」

「んー……まあ、残さず食べてくれたから、いいってことにしといてやっか」

「これからは、ちゃんと店に通う」

「時間厳守な？　配達もしないから覚悟しとけ」

「なぜ」

イザークは、本当にわけがわからないと言った顔をした。

「他の常連さんに示しがつかないだろ？　そうでなくても『配達もしてくれればいいのにー』って言われてんだ。これ以上働いたら俺が過労で倒れる」

自転車を押して歩く音がキコキコと夜道に響く。

一人なら自転車を漕ぎまくってさっさと家に帰るところだが、イザークが「途中まで送る。夜道は危険」と言って聞かなかったので、二人でのんびり歩く。

夜道が危険なら、一人で歩いて屋敷に戻るイザークの方がもっと危険なんじゃないか？　キラキラした美形だし。

線は心の中でこっそりと突っ込む。

「過労だと？　それは一番困る」

イザークは「君の料理が私にとって日本の味だ。体は大事に」と言った。

「だろ？　だから、自力で店まで来い。そしたら、今度は違うデザートをオマケにつけてやる」

「なん……だと？」

イザークの声が掠れた。まさか他にも旨いデザートが食べられるとは思っていなかった顔だ。

「パイでも焼こうか？　それともワッフルにするか？　俺は、大抵の菓子は作れるぞ」

「パイがいい。熱々のアップルパイにアイスクリームをのせて食べる。最高だ」

想像できる味に、線も思わず「それは絶対に旨い」と笑う。

「ジョーイがいるときに持ってこようか？　あの弟さん、あんな細いのに鬼のように食うんだもんな。見てて気持ちがいい」

「あいつはモデルをしている。ダイエットに関わるから、甘いものは与えないでいい」

それは弟を思う兄としての台詞なのか、線のデザートを独り占めしたい思いから出たのか、判断しかねる。

それでも線は「モデルだって、少しぐらいは甘いもんを食うだろ」と反論した。

「甘いものは別腹なんだよ……と屁理屈をこねて、私の取り分がなくなる」

なんだ、そっちか。

線は照れくさいのと嬉しいのとで顔を赤くしながら笑った。

イザークもそのうちつられて笑う。

「君と話をしていると、こっちまで楽しくなる」

そう言ってもらえると、照れくさいけど嬉しい。でもじっと見つめながら言う台詞じゃないだろ。そういうのは恋人にしてやってくれ。

線は心の中でこっそりと言った。

「そっか」

「日本に来て一年になるが、君のお節介は心地よくて、私はつい甘えてしまう」

お節介、ですか。そうですか。否定はしねえよ。だって俺、そういう人間だもん。

線は笑いながら「甘やかすのは得意だぜ」と言い返す。

「そうか」

イザークは歩みを止め、自転車のハンドルを掴んだ。

暢気な普段の様子からは想像がつかないほど、いきなりで力強い。

「ん？」

自転車を掴まれてしまっては、当然、線の歩みも止まる。

ふと自転車を掴んでいる彼の手を見ると、小刻みに震えていた。

「ではもう少し、私を甘やかしてくれ」

イザークの顔が近づいてくる。線は「ああ、俺は今からキスをされるんだな……って、マジですかおい」と、心の中で激しく突っ込みを入れながら、月光に照らされたイザークの綺麗な顔を見つめた。

こんな綺麗な男にキスをされるなんて実感が湧かない。というか、そんなシチュエーションを常日頃想像するわけがない。同性に対して云々というのは個人の自由だが、線は異性と恋愛をしたいと思っている。

なのに、イザークを前にして拒否することを忘れた。人間、己のキャパシティーを超えると思考が停止するのだと、線はここで初めて知った。

「君を愛しいと思った。私は君に恋をしたんだ……」

イザークの吐息が線の唇をそっと覆う。

線は動けない。

両手で頬を包まれ、優しいキスを何度も受けて、彼の舌を自分の口腔に受け入れたときも、抵抗できずにいた。

「線。気持ちを抑えようと思ったが、もう我慢できない。君は私にとってとても大事な人間だ……」

イザークの唇が今度は耳やうなじに移動し、敏感な首筋を嘗められるたびに線の低く掠れた声が漏れた。

夜中とはいえ、自分は道路の真ん中で何をしているんだと、線は戸惑い、焦り、混乱する。

いやならいやで突っぱねればいい。なのに。

思っても行動に移せず、それをいいことにイザークの指は線の体に触れていく。

筋肉質の胸にそっと掌を押し当てられ、胸の緩やかな隆起に沿って指を這わす。

Tシャツ越しでも、イザークの掌の熱さが充分わかった。

「私の気持ちが、君に伝わったと思っても……いいのだろうか？」

するりと、筋張った長い指先がゆるゆると下りていく。このままでは、線はとんでもない失態を演じてしまうだろう。

「ま、待て……。ちょっと……待って、くれ」

イザークの指は素直に離れていく。

線は深く息をつき、額に滲んだ汗を手の甲で拭った。

まだ二人の間には自転車がある。線は愛車に感謝した。この自転車がなければ、イザークの指はもっと大胆に動いたに違いない。

「てっきり……私と同じかと思っていたんだが」

「お、同じって……何が？」

「私が好きなんだろう？　君は。だからこそ……私のキスを受け入れてくれた」

え？　なんだそれ？　俺がイザークを好きですと？　それって一体、どんなタチの悪い冗談だ。

線は怒鳴りたいのを辛うじてこらえ、「違う」と首を左右に振った。

すると今度は、イザークが厳しい顔で腕組みをする。

「な、何……？」

「君が弁当店の常連たちに、あけすけな言葉で迫られていたから、早く告白しなければと思った。君も、相手が客だからと無理をして笑顔で対応しなくていい」

ああ。それか。

線は合点がいった。

「いや……おっさんたちが、俺を『嫁に欲しい』とか『彼女がいないなら彼氏を作れ』とか、『欲求不満の解消法をなー』とか言ってくるのは、単に俺をからかっているだけだ。女性客のいるところでは絶対にしないしな。それにいちいち怒ってたら、身が持たない」

「ふざけたことを。名誉毀損で訴えて勝つレベルだ。君は彼らの言葉責めに笑顔で対応することを強いられていたんだぞ？　精神的苦痛は並大抵のものではない」

「そんな真面目に考えんな。そーいうおっさんたちなの、あの人たちは。下ネタでコミュニケーションを図る人間ってのは、取りあえず一定数いるんだよ」

「お陰で私は、とんだ恥さらしだ。勝手に舞い上がって、君を傷つけた」

イザークは線の肩に手を置き、頭を垂れて「本当に申し訳ない」と謝罪する。

その謝罪が線の胸を突き刺した。萎びたほうれん草のような情けない表情も、本当に可哀相だ。自分は「兄的立場」として何かしてやれることはないのかと考えるが、何も浮かばない。胸が痛くて苦しくて、鼻の奥がつんとしてくる。

イザークは何度も「申し訳ない」と言う。

欲しい言葉は、多分それじゃない。けれど自分でも欲しい言葉が思い浮かばない。

「その……なんだ、俺も……実感が湧かなくて……。ほら、男同士でキスなんて、フィクションの中でだけだと思うじゃんか？　な？」

「では、いやではなかったと？」

「だから、まだそういう実感も………っ」

湧いてませんと、言おうとしたのに。

線は再びイザークにキスをされた。今度は最初から舌を絡めて吸う、激しいものだ。

「くは……っ」

息継ぎさえ許してくれない乱暴で激しいキスなのに、線の体は急激に猛っていく。体中の血液が物凄い勢いで流れ、心臓に集まり、甘い快感を携えて再び乱暴に押し流されていく。

一番熱いのは触れ合っている舌と口腔で、自転車の境界線まで溶かす勢いだ。多分、これ以上続けられたら、境界線がなくなってしまう。それだけはどうしても避けなければ。だってそうしないと、自分の気持ちがまるでわからないまま、どこまでも流されてしまう。

線は自転車のハンドルから右手を離し、渾身の力を込めてイザークの脇腹を殴った。

彼はくぐもった声を上げ、よろよろと線から離れる。

「暴力は……反対だ」

「混乱して頭の中が真っ白になっている俺に、これ以上余計なことをするな、馬鹿。作家ならもっとこう、登場人物の内面を掘り下げろよ……っ！」

小声で怒鳴るという器用なことをして、線はイザークと距離を取った。

「……すまない」

「やってから謝るな。腹が立つ」

「だが私は、君に恋をしているんだ」

「そ、それは……その、なんだ。どうもありがとうございます」

告白に慣れていない線は、好意を伝えられるのは素直に嬉しい。相手が光り輝く美形で、しかも男だとしても、好意は好意として受け止めたい。だがそこに「ラブ」が存在すると話は別だ。

よく弟が、「知らないおっさんにあとをつけられた」「知らないサラリーマンからラブレターを貰った」と暗い顔で溜め息をつくのを見ているが、あれとはまたちょっと違う。説明するのが難しいが、そういうものとは違う「ラブ」だ
「ありがとうとは、どういう意味だ？　私の気持ちを受け入れるということか？　それとも、好いてくれるのは嬉しいが……という否定の意味か？　日本語ってヤツは本当に」

「本当にすまん。俺は今、頭の中が真っ白状態なんだ。きっとこの場で押し倒されて強姦されても、いまひとつ反応が鈍いと思う。それくらい、思考が停止している」

イザークは、線の言った「強姦」に何やら深いダメージを負ったようで、「私はそんなことはしない」と真顔で首を左右に振り続けている。

「俺は、その、もう帰るから。見送りはいらないからな？　イザーク」

線は妙に汗ばむ掌で自転車のハンドルを握り締め、サドルにまたがった。

「腹が減ったら、ちゃんと……その、店に来い。いいな？」

「……わかった。だが君の返事は？　私はいつまで、君の返事を待てばいい？」

「今書いているあなたの原稿が終わるまでだ」

そう言って線は猛スピードでイザークから離れた。

そりゃもう、流星のような速さで自転車を漕いだ。途中二度ほど信号無視をしてしまったが、人通りのない裏通りだったので事故に遭わずにすんだ。

原稿が終わるまで待たせても、返事ができるかなんてわからないのになんであんなことを言ってしまったのかと後悔する。

「俺ってヤツは……」

絶対に誰にも言えない。

自分一人で答えを出さなければ。

線は自転車を漕ぎながら「くっそ！」と悪態をついた。


店のシャッターの前に自転車を置き、細い路地を入って母屋の玄関から家に入る。

誰も起こさないよう慎重に音を立てずに歩いていたはずだが、脱衣所の扉を開けようとしたところで、背後から「兄さん？」と声をかけられた。

「遅かったね……。明日の朝は起きられる？」

元は手に麦茶の入ったグラスを持っている。

「明日の朝か……元が目覚まし代わりに起こしてくれれば大丈夫だと思う」

「え？　俺に兄さんを起こせるか不安だけど……ちょっと頑張ってみる」

「おう」

弟の笑顔にはいつも癒やされる。

線は「兄さんも早く寝なよ」と言う弟の声を聞きながら、脱衣所に入った。

全速力で自転車を漕いだので、全身が汗で汚れている。

「全力疾走とはいえ短い距離なのに、こんな疲れるなんて……俺もう少し鍛えた方がいいかも」

線は乱暴に服を脱いで洗い物籠に放り込むと、少し熱めのシャワーを浴びた。

汗をかいて冷えた体に、しっとりと浸透する熱いシャワー。

「ああ……気持ちいいな」

顔を上げて、両手で濡れた髪を掻き上げる。

ふと、指先が唇に触れた途端、線はカッと顔を赤くしてその場に蹲った。

イザークの唇の感触が蘇る。

「俺は……あんなところで……あいつとキスをした……っ」

真っ白だった頭の中が、霧が晴れたようにクリアになっていく。

近づいてくる顔、吐息、そして柔らかな唇。

自分の許容範囲外の出来事に、放棄された思考が戻ってくる。

「なんだよもう……。俺はそんなに不意打ちに弱い男だったのか？　最悪だ、どうしよう。叫びたい。でも叫んだら祖父さんと元に迷惑がかかるし……」

もっとこうスマートに対処できればよかったのに！　逃げるように戻ってきた！　格好悪い！

大声は出せないので、怒鳴るのは心の中でだけだ。

長男として「惣菜の夏屋」を仕切り、毎日仕事に励んできた。

今は新作惣菜を考えることと、弟の輝かしい将来に思いを馳せている。祖父の腰がよくなったらちょっとした旅行もしたい。バイトのレナには、できるだけ長く勤めてほしいな……なんて彼女には言わないが思っている。そんな、平凡だが楽しい毎日を過ごしていたのに。

大黒柱として「惣菜の夏屋」を繁盛させて家族と従業員の幸せを第一に考えてきたのに、

イザークにキスをされて土台がぐらつく。

「余計なことを考えている暇なんてないのに。なんであいつのキスが気持ちよかったんだよ。馬鹿じゃないのか、俺は。綺麗なら誰でもいいのかよ。性別ぐらいチェックしろよ俺、そこまで節操なしだったのか？」

ぶつぶつと、己の両手を見ながら悪態をつく。

自分で自分が気持ち悪い。最悪で最低だ。線は両手の拳を固く握り締め、唇を噛んだ。

あまりの馬鹿さ加減に涙が出てくる。

「もっと俺のことが知りたい……だとか言われちゃいましたよ。綺麗な男は、気恥ずかしい台詞を口にするのに躊躇いがないのかってんだ。聞かされるこっちの身にもなれ。

……馬鹿野郎」

それでも。

湯の滝に打たれながら、線の頭は繰り返し思い出す。

キスをされて、体を触られた。

人の指があんなふうにいやらしく動くことを、線は久しぶりに思い出す。

「ああ……ちくしょう。本当に最悪だ。俺はあいつとどうなりたいんだ」

イザークの指を思い出した体は、すでに変化の兆しを見せて、線を自己嫌悪に陥らせた。

感じたら勃つのは当然の生理だが、今はその「生理」に空気を読んでもらいたかった。

「あの人のせいだ。……いきなりキスしたりするから。触ったりするから。まず行動を起こす前に尋ねるべきだろ。『私は君が好きだ。君にキスしてもいいか？』ってよー」

情けなくて悲しい。あいつは馬鹿だ。本当に馬鹿だ。あんな馬鹿で作家が勤まるのか？それともそういうキャラなのか？

「イザークは馬鹿で……そして俺も、つられて馬鹿になったぞ……っ」

言い訳をしながら、右手をそろそろと下肢に伸ばす。

何も想像せず、ただ、快感を吐き出すためだけに、線は己の陰茎をそっと握り締めた。

「ああ、くそ……っ」

そういえば、ここのところ自慰をするのも忘れていたな。仕事と家族の世話で一日が終わって、性欲なんてこれっぽっちも考えられなかった。俺ってもう枯れちゃったのかなあとか思ってたけど……よかった……。

線はそこまで思って「これのどこが『よかった』なんだ」と自分に突っ込みを入れる。

男とキスをして、触られたことを思い出して勃起する己の愚息が恨めしい。

「……ったく」

指を動かすと気持ちいいし、声も上擦る。

このまま、ひたすら射精することに集中しよう、と、線は心に決めた。

しかし。

そう決心すればするほど、イザークとのキスを思い出してしまう。

「なんで、こんなときに出てくるんだよ……っ」

唇に触れられて、頬に指先が当たる。するりと掠って、今度は首筋に移動した。

「だめ……、だ……っ」

イザークの指の動きと感触を反芻してしまう。想像してしまう。

熱く滾った陰茎を扱く速度が速まった。シャワーの音でかき消されているはずの音が、風呂場に響いているような気がして、羞恥心が煽られる。

粘り気のある、ぬるぬるとした先走りはシャワーの湯と共にタイルに滴り落ちた。

「……んっ」

扱いているのが自分の指なのかイザークの指なのか、もうわからない。線は低く短い声を上げ、陰茎だけでなく空いていた左手で陰嚢も優しく揉み始めた。

こうすると気持ちがいいと教えてくれたのは、高校のクラスメートだ。修学旅行の夜の男子高校生といったら、彼女のいない連中は集まってそっち系の話に走る。そのときの一人が、真面目な顔でそう言った。冗談だとわかっていても、試さずにいられないのが高校生で、線も後日こっそりと部屋で試して、あれが冗談でなかったことを知った。しかしわざわざ「ホントだった」なんて公表しない。そこらへんは暗黙の了解だ。

もともと淡泊な線は快感を得るよりも「落ち着かなくなったから、さっぱりさせるか」という理由の自慰が殆どなので、今の、このあからさまに快感を得る行動は珍しい。

「あ……、は……っ」

自分でやるだけでこんなに気持ちがいいのに、それをイザークの指でされたら、きっと気持ちいいなんて可愛いものじゃないような気がする。「君を知りたい」と言われて細部まで暴かれ、自己嫌悪が役に立たないくらい恥ずかしい思いをしそうだ。

線の指の動きが速くなる。

このままでは、イザークのことを考えながら射精してしまう。薄茶色の淡い髪、綺麗な灰緑色の瞳。そして、低く優しい声といやらしい指先。

「んっ…………んっ！」

久しぶりの射精は勢いこそあまりなかったが、線の両手をたっぷりと汚した。残滓を搾り出すようにゆっくりと先端を擦り、放出の快感と安堵に溜め息をつく。

そして。

果てしない自己嫌悪に押し潰されそうで、よろめきながらその場にしゃがみ込んだ。

何をやってんだっ！　なんでイザークを思い出しながら射精するんだよ、俺っ！　それじゃあまるで俺があいつを好きみたいじゃないか！

とにかく、頭の中を女子で埋めようとする。取りあえずグラビアの女子だ。なのになぜかイザークが増えていく。頭の中で増殖していく。そのうち、可愛い女子は一人もいなくなり、線の頭の中はイザークでいっぱいになった。

「やめて、やめてくれ……。俺はあいつと恋愛なんてしない。これからは、誤解させるようなことは絶対にない……。それにイザークは」

大事な用が済んだらアメリカに帰る作家なのだ。

帰国すれば日本のことは「いい思い出」になっていく。

それだけは確かだ。

掌の精液を湯で流しながら、線は小さな溜め息をついた。

寝不足で朝からあくびを連発でも、店は時間通りに開ける。

下ごしらえにも手抜きはない。

線は三角巾にエプロンというつもの格好で、れんこんを薄切りにしていた。

本日のメイン惣菜は豚バラ肉の野菜巻きで、そっちはもうすでに出来上がって冷ましてある。

「……若。そんなにいっぱいれんこんを薄切りにしてどうすんの？」

レナがいつも通りの時間に店に入り、眉間に皺を寄せて尋ねてきた。

「え？　れんこんのきんぴら」

「多すぎるって。それ」

指摘されて初めて気づいた。

れんこんのきんぴらは「お惣菜の夏屋」の定番惣菜として人気があるが、だからといって大きなボウル山盛り二杯分はいらない。

「あーあー……みじん切りにしてメンチカツに入れるか」

「メンチは明日のメイン惣菜」

「なら、挽き肉を挟んで天麩羅にする」

「それいい！　賛成！」

レナは「厚めに作ってください」と言った。

「なんか……調子が出ないな。おいレナ、俺がミスしそうになったら容赦なく指摘してくれ。今日は調子が悪い」

線は包丁をまな板に置き、腰に手を当てて溜め息をついた。

「おや、体調不良？」

「違う。寝不足なだけだ」

「それって昨日の電話と関係……」

レナが言い切る前に、線は彼女を睨んで口を閉じさせた。仕事中まであの男のことを考えたくないのだ。

「おっと。口は災いのもと。雉も鳴かずば打たれまい」

レナは最後に「くわばらくわばら」と付け足し、黙って作業を開始する。

「……夏スープは、もう冷めたかな？」

線は何事もなかったかのように、大きな寸胴の蓋を開ける。すると中からトマトベースのいい匂いが漂ってきた。

「夏スープ」は夏野菜から出る水分だけで作る、毎年夏限定の具だくさん無水スープだが、今日のような暑い日には例外的に作ったりする。

トマトにセロリにズッキーニ、なすにオクラにピーマン、にんじん、パプリカ、タマネギ……それ以外にも線は皮を剥いて種を取ったきゅうり、手に入ったときはへちまも入れる。

野菜の優しい味が堪能できる一品だ。

最初は「この野菜も煮るの？」と困惑していた客も、試食をすると「食べたら美味しかった」と言って買っていく。

「あー……いい匂いっすねー。夏スープの季節にはちょっと早いけど、嬉しい」

「ああ。今日は暑いからな」

「んじゃ、スープ用の容器とスプーンも用意しときますね。だいたい……何人分？」

「三十人分……くらいかな。余ったら、鶏肉を入れてカレーにしようかと思う」

「売る前から余ること考えてちゃダメっすよ、若」

レナにサクリと突っ込まれて、線は「そうだな」と笑った。

「そんじゃ、そろそろ最後の一品、なすとピーマンの肉味噌炒めを作るか」

「んじゃ私は、豚バラ肉の野菜巻きを店頭に出します」

「頼んだ」

特大バットに山盛りにした豚バラ肉の野菜巻きは、一個単位で売る。

線は手際よくフライパンを扱いながら、なすとピーマンを炒めた。

「……さすがに、今日は、来ないよな」

腹が減ったら買いに来いとは言ったが、昨日の今日で堂々と現れるはずがない。イザークにも恥という概念があるだろう。

それに線は、どんな顔をして会えばいいのかまだわからなかった。


なのに。

それなのに、神様は今、もしかしたら休憩時間なのかもしれない。昼休みだし。

線は、美形男の目の下にあるクマをじっと見つめながら、そんなことを思った。

「その……大盛りライスと……あと、その豚バラ肉の野菜巻きを五本。ポテトサラダ。リンゴが入っている方」

「それで足りるのか？」

「青椒肉絲《チンジャオロースー》と、もう一つ大盛りライスも。夜に食べる用」

「は？　だったら、夕方にまた来ればいいだろう」

そう言ってから口を閉じる。今の言い方は少々とげとげしかった。

仕事に私情を出すなよ、俺。何年客商売をやってんだ……っ。

線は心の中で自分を叱咤すると、改めてイザークに向き直る。

「その、言い方が悪かった。申し訳ない。ライスは夕方用にまた炊くから、それを買ってくれ。昼間買った物を夜まで取っておくより旨いから。ライスを冷凍するってなら話は別だけど」

カウンターを挟んで相手の様子をうかがうが、イザークは「冷凍？」と首を傾げて難しい顔をした。

「あなたは、お茶を淹れるときの器用さを少しは食べ物に向けてください」

「……なぜ敬語に。ジョーイにはいつもそう言われている」

イザークは陳列ケースに視線を向けたまま言った。

そういえばこの男は、店に来てから一度も線の顔を見ない。というか、目を合わせようとしない。

昨日の今日で図々《ずうずう》しいと思いきや、実は勇気を振り絞ってここに来ているのか。線はそれを確かめようと、イザークの顔を覗き込んだ。

避けられる。それでもまた覗き込む。やはりイザークは線を避けた。

子供のゲームのようにしばらく繰り返していたが、あまり気の長い方ではない線が根を上げる。

それに「夏屋の若」として、イザークが反省しているなら許そうと思った。

「おい」

「なんだ」

「話をするときは、人の目を見て話せ」

「……それができる立場か、私が」

線は盛大な溜め息をついて、イザークの頭を軽く叩いた。

「何をする」

イザークは勢いよく顔を上げ、次の瞬間、苦虫を噛み潰したような顔をする。

「さっきまでは、俺も腹を立ててた。というか気まずくて会いたくなかった。だがな、イザーク。あなたが昨日のことを申し訳なく思っているのはわかった」

「私とて……本当なら一週間ほど反省して顔を合わせないようにしようと……そう思って

いた」

「おい。一週間もうちに買いに来ないなんて……また俺を心配させる気か？　食事はちゃんとしてくれ。倒れたら心配するじゃないか」

「……そう言うと思ったから、恥を忍んでこうして買いに来たと」

イザークはそう言って、けだるそうに立つ。パーカにジーンズというどこにでもいる若者の格好だが、中に着たTシャツはだらしなく伸びているし、ジーンズは気にせず買ったのか少し丈が短い。足元がサンダルなので、くるぶしが見えているのが目立つ。

やる気がないというか、「もうどうでもいい」と開き直っているように見えた。

「本当に申し訳ない」

「あのな……」

そんな、一夜干しされるイカみたいにゆらゆら体を揺らしながら言われたら、可哀相すぎてどうしていいかわからなくなるじゃないか。なんとか元気にしてやりたくなるじゃないか。

線はトングを持ち、豚バラ肉の野菜巻きを六つ、フードパックに入れた。

「私は五つと」

「一つオマケだ。……あと、ライスはラップに包んですぐに冷凍庫に入れてくれ。食べるときはレンジで解凍だ」

「すまん。……もう一度言ってくれ。したことのない行動が多すぎる」

イザークは真面目な顔で「できれば順番をメモしてくれないか？」と言った。

「ラップを使ったことないのか？　解凍も？　レンジでチンするって言うだろ？」

「なんだそれは。日本人はすぐに和製英語を作る」

「一年も日本にいるんだから、そういうのに慣れろ」

「私は作家として、言葉は大事に扱いたいのだ」

「作家なら告白の言葉や行動のタイミングも考えろよ」

イザークがそこでぐっと言葉に詰まる。

逆に線は、そんなイザークを可愛く思えて、小さく笑ってしまう。

「俺だって、もっとこう……順序を間違えずに進めてくれたら、暴力に訴えることはなかったと思うんだけど」

責め立てるつもりはない。

ただ線は、怒鳴ることさえできずに自己嫌悪の沼にずぶずぶと埋まって苦しんだ昨日の自分を労っているだけだ。

イザークは複雑な表情を浮かべてこっちを見ている。

「そうしたら、まずはお友だちから……ってことで交際が始まったかもしれないのに」

腰に手を当てて偉そうに言ってやると、イザークは申し訳なさそうに頬を染めて俯いた。

「ほら、またそうやって俺から顔を背ける」

「この状態で、堂々と顔を合わせていられたら、それは図々しいという問題ではない」

「まあ……うん、そりゃそうだろうけど……」

じっと見つめていると、イザークの耳が赤くなっているのがわかった。

えらい目に遭ったのは線なのに、まるで被害者と加害者が逆転したような気持ちになる。

許してやろうと思っていたはずなのに、逆にいじめてしまうなんて最悪じゃないか。

線は自分を心の中で「俺は面倒見がいい長男なのに！」と叱咤して、気を取り直す。

「あのな」

「なんだ。……あとは、スパゲティサラダも貰う」

「はい、まいどあり。……あのな、イザーク」

「……なんだ」

「物事は順序立てて、な？　そうすれば俺も……」

「了解した。では、改めて言おう。私は君と恋愛を堪能したい。そしていつかパートナーになりたいと望む。そういう関係を前提とした友人関係を築きたい」

イザークは真剣な表情で宣言した。

逆に線は、開いた口が塞がらない。

この男は、このとんでもなくキラキラとした美形の男は、真っ昼間に何を言うのかと。

「おい。パートナーになる前提の友人関係って、それ、おかしくないか？　おい！」

「あ、間違えた。気が焦ってしまった。まずは友人として、信頼関係を築きたい」

それならわかる。友人とは普通……信頼関係がなければ築けないものだ。

線は、それには小さく頷く。異論はない。

「私は君をもっと知りたいし、君にも私を知ってほしい」

またしても線は頷く。

「そしていずれは、私の気持ちを受け止めてほしいと、そう願っている」

「それに関しては、あなたの原稿が終わってからって言ったような気がする」

そこに、のんびり休憩を取っていたレナがやってくる。

レナは「なんか気まずい空気。喧嘩？　なら野っぱらでやって。ここで騒いだら、お祖父さんが驚いて倒れます」と極めて冷静に言った。

「それとも、話し合いが必要なら茶の間に移動したらどうですか？　今の時間は暇だし。ね？　まずは話し合えって」

レナははいはいと手を叩き、カウンターの出入り口を上げてイザークを手招きする。

イザークは躊躇していたが、レナの顔がどんどん怖くなったので慌てて中に入った。

「若はさっさと休憩に入ること。で、イザークさんも一緒にご飯食べちゃって。腹がすくと、苛々するからね。ご飯を食べてから話し合って」

普段ならここまで仕切られることはないが、今日は少々勝手が違う。

線は陳列ケースからいくつかの惣菜を抜き、イザークを連れて母屋に入った。


「飲み物を作るのが上手いなら、ちょっとこのお茶を淹れてくれ。煎茶」

線は、胡座をかいたイザークの目の前に茶葉の入った急須と湯飲み、そして沸騰したばかりのヤカンを置いた。

「プラスチック容器かバットが欲しいんだが。茶葉を適当に急須に入れるな」

「悪かったな」

線はバットと一緒に皿を用意して「これに茶葉を移せ」と手渡す。そして自分は、惣菜を皿に移し替え、丼にライスを盛った。味噌汁も忘れない。

「へえ……」

食べ物の載った盆をちゃぶ台に置いたところで、線は感嘆の声を上げた。

イザークは、バットに置いた湯飲みに湯を入れている。

「最初に湯飲みを温めるってのは知ってるけど、面倒だからそうそうしないよなー」

「してくれ。とても旨い茶ができる」

「はあ」

ちゃぶ台に料理を並べる線の横で、イザークは急須の水分を拭き取り、二人分の茶葉を入れて湯を注いだ。そして蓋をして腕時計に視線を落とす。

「二分後」

「……え？　まだ飲んじゃダメなのか？」

「旨い煎茶を飲みたければ、あと……一分四十秒ほど待て」

商店街の特売で買った茶葉で、ブランド物でもなんでもないのだが、線は少しずつ期待が膨らんだ。

「惣菜はな、冷めても旨いように作ってるから温め直さないぞ。その代わり、熱々の味噌汁を用意した」

「ありがたい」

「ところで、夏スープも若干余ってるんだが。食う？」

「是非」

「わかってて言ってる？　夏野菜の無水スープ。無水っていうのは……」

「知っている。イタリアの親類のところに遊びに行ったときに、似た料理を食べた」

もしやそれは本場のものでは？

線は「俺のは日本ナイズされてるけど」と付け足して、小さな丼に二人分の夏スープをよそった。

「よし」

イザークは気合を入れて頷くと、温めた湯飲みに茶を注ぐ。二つの湯飲みに交互に入れて、最後にさっと振って湯を切る。

「どうぞ」

「では、いただきます」

線は差し出された湯飲みを掴み、そっと一口飲んでみた。

あらやだ、旨い……と、思わず笑みが零れる。特価品なのに香りはいいし、味もまろやかだ。いつもは渋かったりえぐみがあったりするのに、こんな旨い茶なら何杯でも飲める。

「どうだ？」

「ヤバイ、旨い。……本当にあなたの手は器用だな。もっといろんな茶が飲みたくなる」

線は手放しでイザークを褒め称えた。

「この器用さが料理に活かされればよかったんだが」

「まあ あれだ、作家とお茶を淹れる才能があって、人も羨むキラキラ美形なんだから、一つぐらいできなくても問題はない」

「掃除と洗濯も、実は……」

「ハウスキーパーを雇え」

「いや……」

イザークは茶を飲んで喉を潤すと、ふうと溜め息をついた。

「どうした」

「以前、原稿のデータを盗まれそうになって以来、仕事のプロだろうがなんだろうが他人を住まいに入れないことにしている」

イザーク・エヴァーツの本は、発行されたら即ベストセラーというわけではないが、安定した人気があり、探偵と元傭兵のバディ物『ブラッドアイズ・シリーズ』には国内外に熱狂的なファンがいると、ネットで見たコラムにそう書かれていた。

それに、映画化が決定しているものも何本かある。

「もしやそれは、ハウスキーパーが、熱狂的なファンだったと？」

「ああ」

「……取られそうになったのがデータで幸いだ。本人が拉致られたら『私の望む話を書きなさい』ってなるぞ。足の骨を折られるぞ。殺されかけるぞ。……ホラー映画の世界だ」

イザークが顔に皺を寄せて深く頷いた。

「最初は、拉致しようと思っていたらしい。だが、彼女が勤め始めたと同時に私は取材旅行。仕方がないから、作家本人ではなくデータを盗もうとしたと。私が旅行だと知らずにジョーイが遊びに来て、犯行を阻止してくれたんだ」

うわ、怖い。

冗談のつもりで言ったのに、それが本当だったとは。

線はしかめっ面で茶を飲み、その旨さに取りあえずホッとした。

「と、とにかく。まずは飯を食おう。ライスと味噌汁はお代わり自由だ」

「ありがたい」

二人は向き合い、「いただきます」と言った。

「夏スープが残っているなら、あるだけ売ってくれ。ジョーイにも食べさせる」

丼を空にしてから、イザークは幸せそうな顔で線に言う。

「そんな……旨かった？　だったら去年のうちに言ってくれれば……」

「去年もあったのか？　俺が買いに行ったとき、夏スープがあったためしがない」

「悪い。去年の夏はあまりの暑さで、作った日はいつもすぐに完売してた。夏バテした会社員たちの活力になってたそうだ」

「なるほど……では今年から、私の分は取り置きということで」

「取り置きしてもいいけど……営業時間中に店に来るか？　配達はしないぞ？」

線は空の丼や皿を盆にまとめながら、イザークの顔をじっと見つめた。

「電話をいただければ、必ずや」

イザークは姫と約束を交わす騎士のような凛々しい表情で、胸に手を当てて線に言った。

本当に、余計なことを喋らなければ絵になる男だ。問答無用で美しい。

「わかった。……そうだ、あのな、うちに頂き物の紅茶のセットがあってな？　俺が食後のデザートを用意するから、あなたが紅茶を淹れてくれないか？」

イザークは「デザートが楽しみだ」と言って線の提案に乗る。

「大したもんじゃないぞ？　黒糖の蒸しパンだ」

線は照れくさそうにぶっきらぼうに言った。


高級ホテルのティーラウンジで飲んでいるような気がする。

線は、そんな豪華な場所で茶など飲んだことはなかったが、イメージとしてそう思った。単なるブレンドティーが、イザークの手にかかると上品な味わいの紅茶へと変わる。

「蒸しパンに合うっていうのが……不思議だ」

「まあ、日本の和風ケーキには本来なら番茶を勧めるが」

「へえ」

線は軽く頷いてから、茶の間の引き戸を開けて店の厨房に顔を出した。

レナと客が楽しそうに何か話している声が聞こえてくる。

あと十分だけ休憩を貰おう。

そう思って戸を閉め、振り返ると……イザークが寛いで新聞を読んでいた。まるで、十年も前からそこにいるような存在感だ。

なんだよこいつ。まったくもう……っ！

線は咳払いをして、イザークから新聞を取り上げた。

「何をする」

「それはこっちの台詞だ。だいたい、どうして俺たちがここで一緒に飯を食うことになったかわかってるのか？　それをすっかり忘れて、のんびりと寛ぐな」

大声を出したら、祖父とレナに聞こえてしまうだろうと、線はできる限り冷静な声を出した。

「恋人を前提とした友人関係を築きたい、ということに不満が？」

「不満がなかったら、多分俺とあなたはつき合っていると思うぞ」

「私は、段階を踏んで……」

「段階というか階段な？　階段。一歩がめっちゃ離れてんだよ、おい」

線は胸の前で腕を組み、じろりとイザークを睨む。

普段は男らしく涼やかな表情が見る影もない。

「あのな、俺があなたを好きなように見えた根拠を述べよ」

「言われてみればないな。だが恋とは落ちるものだ。私は落ちた。私は、君と恋仲になれれば嬉しいと思った」

真顔で言われても困る。

線はしかめっ面で俯くと、「俺は長男なんだ。そんなわけのわからない恋愛なんてできるか」と言った。

「申し訳ないが、『長男』と『恋愛』のどこに接点が？」

「立場の話だ。両親は他界。祖父は腰を悪くして養生中。つまり俺はこの家の大黒柱だ。家族と従業員の幸せが大事だ」

イザークは「申し訳ないことを聞いた」と頭を下げる。

「わかってもらえれば幸いだ」

「……了解した。とにかく今は、友人としての信頼関係を深めていくことにしよう」

イザークが右手を差し出す。

線はしばらくそれを見つめて、ようやく彼の右手を握り締めた。

「俺は日本人だから、過度なスキンシップはするな。そういうものに慣れていない」

「わかった。キスもハグもなしだ。…………残念だが」

「残念と言うな。あのなイザーク、この際言っておくけどな？　俺は多分、あなたに対して随分と寛大な態度でいるはずだ。他の男だったら、こんなふうにサシで話なんかしない。キスされた時点で殴り飛ばして、黒歴史だから永遠に封印ってのがオチだ。それをしなかったのは、な……」

昨日、あなたをオカズにして抜いたから……というわけではなく。

線はちょっぴり頬を染め、キッとイザークを睨んだ。

「なんというか……悩んでも仕方のないことだって、わかってるからだ。されたことをなかったことにはできない。多少は悩むだろうけどさ。自分の将来とか、家族との未来とか、面倒くさいことを」

するとイザークが突然笑い出した。

「な、なんだよ。俺はそんな変なことは言ってねえぞ？」

「……私は君を好きになってよかったなと、そう思ったんだ」

「は？」

イザークは笑いながら線を抱き寄せ、あやすように背中をポンポンと叩く。

「だから俺は、こういうスキンシップは……っ」

「こんなもの、ハグにも入らない」

「……そ、そうか」

だったら、ここで騒ぐのは自意識過剰か。線は仕方なくイザークに体を預けた。

元は帰宅途中で書店に寄り、「イザーク・エヴァーツ」の本を二冊買ってきた。

「読んだことのないタイトルを買ってきた。兄さんも読む？」

炊き上がったばかりのライスを業務用保温ジャーに移していた線は「読む」と言った。

「読み終わったらイザークさんに感想を言いたいけど、読み終えたくない気持ちもある」

「はは。わかるわかる。読み終えるのが勿体ないんだよな」

何度も頷く線に、レナが「ライス大盛り二つ！」と声を張り上げる。

線は「了解！」と返事をして、ライスをカウンターに持っていった。

「忙しそうだね。俺も手伝うよ」

「じゃあ、お願いしようかな」

元は嬉しそうに笑って、三角巾とエプロンという厨房スタイルになる。

弟に作らせた惣菜はどれも及第点だった。

「お前、一人で練習してたんだな」

「……うん。料理研究会の厨房を借りて、いろいろ作ってた。みんな兄さんの味を知ってるから手厳しくってさ。でも……最近は褒められるようになった」

「そうか」

「だからね、兄さん。三者面談で兄さんが担任と何を相談しようが、俺はやっぱり進学しないで兄さんを手伝いたいんだ」

「手伝ってもいいから、学歴は押さえておけ。お前は賢いから勿体ない」

「でも」

元はそこで黙り、保温ジャーの蓋を開けて容器にライスを盛った。

レナが「ポークピカタが二枚と千切りキャベツですね！」と客に確認している声が聞こえてくる。

「俺は、お前が店のことを考えてくれるのは凄く嬉しいと思ってるからな？」

線は不満げな弟に親愛の笑みを浮かべ、「拗ねるな」と優しくなだめた。


今日の惣菜は、洋風よりも和風の方がよく出た。

「珍しいな。あれか？　豚の角煮の勝利か？　こんにゃくの炒め煮も旨かったが」

レジ締めを行いながら、線が笑う。

「みんな、あの照り照りにやられる。しかも、煮卵が一個丸々ついてたし。逆に洋風は、女子が買いましたよ。アボカドとざく切りトマトのサラダとか、千切り野菜のサラダと一緒に」

レナは、残った惣菜を確認しながら言った。

元は久々に閉店まで手伝いをして、「久しぶりだと腰にくる」とパイプ椅子に座ったまだ。

「ケースからパックを取るときの中腰がな。そのうち慣れる。もしくは背筋を鍛えろ」

線は、自分も最初の頃はそうだったと、思い出す。

「ところで若。イザークさん、来なかったですね」

「いいんだよ。あいつは昼間に好きなだけ居座ったんだから。今頃は、弁当を黙々と食ってんだろ」

そうだとも。なかなか帰ろうとしないイザークを屋敷に帰すために、線はまたしても弁当を作ってやったのだ。

酢飯で作らない「かんぴょうと錦糸玉子を使った海苔巻き」と「浅漬けを使った海苔巻き」をきゅっと詰め、八宝菜と鶏の唐揚げ中華風、かぼちゃの煮付けにマカロニサラダ。ウインナーをタコにしてやったら、イザークは「タコ、だと？」と最初はいやそうな顔をしていたが、クルクルと熱で丸まっていく足を見た途端に喜んだ。

隙間を埋めるためにかまぼこのチーズサンドを入れようとしたが、「かまぼこは苦手だ」と言われ、仕方なくきゅうりの薄切りとチーズをミルフィーユのように重ね、楊枝で刺して隙間に詰めた。

「兄さん、本当にお人好しだと思う」

「金は貰ってる」

「そういう意味じゃなくてさー……」

元が唇を尖らせる後ろで、レナが「若をイザークさんに取られたくないんですよね」と微笑む。

その途端に元は顔を真っ赤にして「そうだよ！」と大声を出した。

「何言ってんだ？　兄ちゃんは元のことを世界で一番可愛いと思ってるぞ。大事だぞ？兄ちゃんは元のものじゃないか。ははは」

堂々と胸を張ってブラコンを炸裂させる線に、元は「少しズレてんだよね」と溜め息をつく。

「少年、なんとなく言いたいことはわかるが、それは言わない方がいい」

レナは元を一瞥し囁くように言った。

「なんだお前ら、わけわかんねえ」

「若は知らなくていいことです。あと、五目煮とスパゲティサラダが欲しいので、割引価格でお願いします」

「あ、ああ」

目の前に惣菜のパックを出され、線は暗算をする。

「ライスはいいのか？」

「……一人分お願いしやす。ふふ」

レナは明後日の方向を見て、寂しく微笑む。

線は、もう彼氏と別れちゃったのか……とは言わずに、「ドンマイ」と言って切り干し大根を一品オマケしてやった。


家計簿と一緒に店の帳簿もつける。

風呂上がりにビールの一杯でも飲みたいが、飲んだら寝てしまうのでここは我慢だ。

このご時世、どうにか黒字でやっていけるのはありがたいと、線は電卓を叩きながら、安堵の溜め息をつく。

「計算なら俺がやってやるよ。兄さんはビールでも飲んでゆっくりして」

元が湿布薬を持って茶の間に入ってくる。

「ん？　その前に、俺にお願いがあるんじゃないか？」

「湿布貼ってください」

そう言うと、元はTシャツを脱いで上半身裸になり、畳の上に俯せになった。

「ちょっとひやっとするからな」

「わかったー」

子供の頃はあんなに華奢で弱々しかった背中が、今では立派な大人の背中になっている。

よくぞしっかり育ってくれたものだと、線は感慨深く弟の背を見つめた。

「これで彼女がいたら、兄ちゃんはもう言うことがないんだが」

ぺたり、と、湿布を貼りながら線が嘆く。

「だから……俺は別に彼女は……」

「俺がお前ぐらいのときは彼女がいたぞ」

またしてもぺたり。

「あー……なんとなく覚えてる。兄さんの彼女は美人が多かった」

「ははは」

「兄さんは結婚しないの？　町内会の副会長さんが、よく見合い話を持ってくるじゃん」

町内会どころか商店街の会長も、仕事が一段落ついたところでやってきて「いい子がいるんだが、会うだけでもどうだ？」と言ってくる。

気にかけてくれるのはありがたいが……。

「んー…………元が一人前になってから考える」

線は暢気に言って、湿布を貼っていく。

「そんなこと言ってると、俺は一生一人前にならないよ？」

「そりゃ困ったな」

困ったと言いながら、線はどこか嬉しそうに返事をした。

ブラコンは自覚している。

「俺さー、兄さんが好きだからさー、ずっと一生……祖父さんと兄さんと三人で暮らしていきたいって思ってる」

「それはダメだ、元。俺は甥っ子と姪っ子が見たい。お前に似て絶対に可愛いはずだから、伯父さんはメチャクチャ可愛がるんだ」

線は最後の一枚を貼り、「終わった」と弟の背を軽く叩いた。

「普通さ、ブラコンだったらさ、『元が結婚するなんて兄ちゃんは許さない。お前は俺の傍に一生いろ、ちゅっちゅっ』ぐらい言うんじゃないか？」

元は体を起こしながら「禁断の兄弟愛」と付け足して笑う。

「お前な……美形がそういうことを言うな、シャレにならんだろうが」

線は「はあ」と溜め息をつき、目頭を押さえた。

この弟は、いつからこんな冗談を言うようになったのだろうか。もしかしたら、知らないうちにイザークの影響を受けてしまったのか。

「俺は本気なんだけどなー」

「まあ、思春期にはそういう幻想もあるということにしておこう」

「やっぱそうきたか。まあ仕方ないよね。俺も一線を越えるつもりはないもん」

神妙な顔で言う元に、線はしかめっ面をしてみせた。

「兄ちゃんは、そういう冗談は嫌いなんだが」

「うん、ごめん。……俺は兄さんが大好きだし、兄さんの幸せを第一に考えてるから、俺が認めた人間以外は近寄らせたくないんだ」

「なんだそりゃ」

線は右手を伸ばして、弟の頭を乱暴に撫で回す。

「兄さんは気にしなくていいよ。俺が勝手に八つ当たりするだけだから」

元は嬉しそうに微笑んでから、Tシャツを着た。

「帳簿付けなら兄ちゃん一人で大丈夫だから、お前は自分の自由時間を堪能していろ。あ、祖父さんはもう寝てるから大声は出すなよ？」

茶の間の向こうにある祖父の部屋を指さしながら、線は弟に釘を刺す。

「自由時間か。俺は兄さんの傍にいたい」

「どっちにしろ、大人しくしてろ」

「うん」

可愛い返事とともに、元がいきなり背中に懐いた。

頭を線の背に擦りつけて「やっぱこれが一番安心するんだよな」と眠そうな声を出す。

昔はよく、こうやって弟をおぶってやった。彼は仕事で忙しかった祖父の代わりに、元の幼稚園の送り迎えをし、具合が悪いときは病院に連れていった。十一歳も年が離れた兄弟の歩調が合うわけもなく、顔を真っ赤にして一生懸命自分についてこようとする弟の顔を見たとき、線は「ごめんな、兄ちゃん気がつかなかった」と、急いで弟を背に乗せた。元が「兄ちゃん高いや」と歓声を上げた日のことは、今もたまに思い出す。

「兄ちゃんはどこにも行かないよ」

線は慣れた手つきで電卓を押しながら、囁いた。

もちろん、弟に聞こえるように、だ。


「……うかつだった」

イザークは右手で目頭を押さえ、「ノー……」と低く呻く。

その姿は苦悩する美形の彫刻のようで、商店街を行き交う人々の注目を浴びた。

「だから、人の店の前で何をしてるんだ」

線はジャージ姿で仁王立ちし、眠そうな顔でイザークに問う。

時間は午前十一時。

「土曜日もやっていると思ったのだが。シャッターでシャットアウトされた」

「一年もうちに通ってて、なんで定休日を覚えない」

「今まではタイミングがよかったのか、運がよかったのか。土日に惣菜を買いに来たことはなかった」

イザークは心底残念そうに溜め息をつき、「私はどこで食べ物を買えばいいんだ」と真顔で悩んでいる。

「……だからって、休日の午前からいきなり人を起こすな」

「いつもならシャッターが開いている時間なのに閉まっていたから、強盗に入られていたらどうしようかと思い、急遽、シャッターを叩かせてもらった」

ああもう、馬鹿だこいつ。でも作家ってみんなどこか変わってるっていうから、この人もそうなのか？

線は両手で顔を擦り、こっちの出方を見ているイザークを睨む。

「ああ、それと、容器を返しに来た。空で戻すのは失礼だと聞いていたので、頂き物の菓子を入れておいた」

イザークは線に風呂敷に包まれた容器を返した。

風呂敷のなんたるかも知らないだろう男が、よくもまあ、綺麗に包めたものだと、線は内心感心する。

「ったく。そんなん気を使わなくてもいいってのに……」

「友人としては、これぐらいは当然ではないかと」

「だったら訪問時間にも気を使え。俺は眠い」

「いい天気だぞ？」

「昔から、土曜日の午前中は寝て過ごすと決めてんだよ」

これ以上イザークに関わっていたら、寝たいのに眠気が飛んでいってしまう。

線は「寝たいから帰ってくれ」と、掌を振ってさよならのポーズをする。

「では、昼過ぎにまた来る。食材を買って持ってきたら、料理を作ってくれるか？」

ちょっと待って。今の何。

驚いて目が覚めてしまった。二度寝はもうできない。ああ、勿体ない。

線は「何を言ってる」と呆れ顔で言い返した。

「君は腹をすかせて困っている友人のために、料理を作ろうという気にはならないのか？」

「なんて図々しい」

「図々しいのではなく、必死なんだ。私は君の作った料理以外、もう食べたくない。というか食べられない体になった。まるで依存症にでもなったようだ」

「物騒なことを言うな。旨いなら旨いと素直にそう言え。誰がどこで聞いてるかわからないだろ」

「申し訳ない」

イザークは真顔で頭を下げる。

素直に謝罪された線も、「仕方ないな」と言って、しばらく考え込んだ。そして「カレー」と呟く。

「どうした？」

「カレーを大量に作る。冷凍できるように容器に詰めてやるから、ありがたいと思え」

「カレーは好きだ」

「だからイザーク、材料を買ってこい。それと、今度からシャッターを叩くのではなく、裏手を回ってくれ。母屋の玄関にちゃんと呼び鈴がついてるから」

目が覚めてしまったのは仕方がない。それに自宅でしばらくカレーは作っていなかったので、線も食べたいと思っていた。

「何カレーを作る？　肉の種類によっていろいろあると思うが」

「ああ、鶏のもも肉。骨付きを買ってこい。商店街の精肉店でな？　驚くほど旨いカレーを作ってやる」

するとイザークは嬉しそうに目を細め、「買い物をしてくる」と言って商店街の中心に向かう。

「本当に、なんなんだあの人」

容器を返すときは中にお返しを入れておく日本の習慣を知っているなんて、一体どこのお気遣い紳士だよ。なのに午前中から人んちのシャッターを無遠慮に叩くし。アンバランスだよな……。

それでも嫌いになれないのは、相手が自分を好いていると知っているからか。

線は照れくさくなって右手で頭を掻いた。

「兄さん……今の騒ぎはイザークさん？」

どこかに出かける予定なのか、元はよそ行きの格好をして立っていた。

「ん？　ああ。土日は休みだっていうの、今日初めて気づいたって。あいつ馬鹿だ。暢気すぎる」

「あー……。トラブりそうな予感？」

「いや、大丈夫だろ。それよりお前、これからどこかに行くのか？　デート？　やっぱり彼女がいたのか。兄ちゃんに隠すなんて……まあ、年頃なら仕方ないか！」

線は笑顔で弟を見つめ、「頑張れ」と背中を叩く。

「違う違う。俺はダシに使われただけ。俺が行かないと女子が集まらないとかって。面倒くさいけど友だちのためだから。俺はさっさと抜けて夕方には帰ってくる。晩飯は家で食べるよ」

「今夜と明日はカレーだ」

線が腰に手を当てて偉そうに言うと、元は「やった」とはしゃいで線に抱きつく。

「子供か、お前は」

「だって兄さんの作るカレーは、俺にとって世界一だ」

なんて可愛い弟なんだろう。こんな可愛い弟がいる俺は、世界一の幸せ者だ。

線は心の底からそう思った。


今度こそ、イザークは母屋玄関の呼び鈴を押した。

「おう、イザークさんいらっしゃい。今日はカレーなんだってな！」

ドアを開けたのは、兄弟の祖父・丈だ。

「お久しぶりですおじいさん。私も線さんのカレーをとても楽しみにしています。お邪魔してもよろしいですか？」

「どうぞどうぞ」

イザークは祖父に案内され、のんびりと茶の間に向かう。

茶の間のちゃぶ台では、ジャージにエプロン姿の線が真剣な顔でスパイスを量っていた。

線は「今は話しかけるな」とそれだけ言って、カレーに必要な香辛料をはかりに加えていく。

イザークがちゃぶ台の端っこに転がっていたシナモンスティックを摘んで匂いを嗅いだ。どこか埃っぽい独特の匂いなのでしかめ面をすると思ったが、普通に嗅いでいるのでちょっと犬っぽくて可愛い。

「イザーク、台所を勝手に使っていいからお茶を淹れてくれ」

線は分量を量り終えたスパイスを慎重に皿に移し、ちゃぶ台の上を片づけ始めた。いつまでもそこに置いておくと、茶の間がエキゾチックな香りで満たされてしまう。

「私は今、日本茶が飲みたい気分なんだが」

「それでいい。祖父さんは？」

話を振られた祖父は、「俺はちょっと出かけてくるから、気持ちだけ受け取るわ」と言って、上着を羽織った。

「え？　どこまで？　誰と？　何時に帰ってくる？」

「商店街に新しくできた喫茶店に行こうって、仲間連中に誘われてんだよ」

「あー…………」

その喫茶店とやらなら、線も知っている。よくあるチェーン店の一つだが、組み合わせの注文を主としているので、年配には若干ハードルが高い気がする。

「年寄りだけで行って大丈夫か？」

「何言ってんだ、線。俺たちの間でも話題の店なんだ。店員に教えてもらえば誰だって注文できるっての。カレーができる頃に帰ってくるからな。イザークさん、ゆっくりしてってくれ」

祖父は茶葉を選んでいたイザークに手を振ると、楽しそうに外出した。

「最近は体調がいいけど、本当に大丈夫かよ？　祖父さん……」

「あまりそう、心配しすぎるのもよくないと思うが」

「自分の家族を心配して、何が悪い？」

するとイザークは肩を竦めて沈黙する。他人の家の事情に首を突っ込んでしまったと少々反省するように。

線も無言で、フォークで穴を開けた骨付きの鶏もも肉にスパイスを擦り込んでいく。なじませるようにバットに放置してから、タマネギやセロリ、にんじんを細かく刻んでミキサーにかけた。じゃがいもは皮を剥いて乱切りにして、軽く小麦粉をまぶして油で揚げる。すると台所は、ポテトフライにスパイスの匂いが絡み、呼吸をするだけで唾液が溢れる素晴らしい空間へと変貌する。

「一つ、味見をしてもいいだろうか？」

イザークは物欲しそうな顔で、茶を飲んでいる線を見つめ、揚げたてほくほくのフライドポテトを指さす。

「何個かやる。何かつけるなら、塩かワインビネガーがいい」

「いや、そのままで」

「でも、紅茶には合わないと思うぞ？」

イザークが淹れてくれた紅茶はなじみのあるメーカー物だったが、温めた牛乳を入れただけで信じられないほど旨くなった。

線には到底できない技だ。どこをどうやったら、ここまで茶葉の底力を引き出せるのだろう。何度もイザークと同じように茶を淹れたが、どうしても彼の淹れた茶と同じ味にならなかった。

「そのノリで、酒を注ぐだけで旨くなったりしてな」

「なるぞ」

イザークはそう言って、口にポテトを放り込む。熱さにハフハフ言いながらも、旨そうに食べている。

「じゃあ、ジュースは？　果汁一〇〇パーセントの搾りたての味になる？」

「それは無理だが、結構旨いらしい。今度作ってやろう。メロンやマンゴー、イチゴにパイン……」

「大変期待したいが、なるべく低予算で頼む。……果汁が余ったら、ババロアかゼリーを作ろうか。アイスやシャーベットという手もあるな。うん」

線は寸胴にミキサーにかけた野菜とチキンスープ、それにスパイスをまぶして放置していた骨付きの鶏もも肉を入れた。

そこに、ローリエを数枚浮かべる。

「よし。これから弱火でコトコト」

「……このポテトはどうするんだ？　カレーに入れないのか？」

イザークは「日本のカレーなのにポテトを入れないなんて信じられない」という顔で線を見た。

「いもはトッピング。それに、カレーを冷凍するときいもは取り除くもんだ」

「なぜ」

「一度冷凍すると目が覚めるほどボソボソで不味くなる。だからトッピングの方がいいんだ。あ、カリフラワーと卵も茹でておくか」

線は、イザークが買ってきた食材の中からカリフラワーと卵のパックを引っ張り出す。

「君は気が利くパートナーになるな。素晴らしい」

テキパキと無駄なく動く線に、イザークが楽しそうに言った。

「パートナーってなあ……おい」

「仕方ないだろう？　私は君を愛している」

「だからって、そういうのはなあ」

線はそこで手を止め、くるりと振り返る。

「どうした？」

「それって……つまり……エッチのときはどうすんの？　パートナーってさ。突っ込んだり突っ込まれたり、アレを、あーしてこーして……っ！」

線はそれ以上言えずに顔を真っ赤にし、「いやいや、信じられない」とその場に蹲った。

「あー……………そうだな、君が許してくれるなら最終的には私が君にインサートする方向に」

イザークの声が、どこか面白がっているように聞こえて腹が立つ。

「なんかもう……想像したくないのに想像しちゃうって、人間って面倒くさい生き物だなっ！」

線は両手で顔を覆い、「いや、それはマズいだろう」と首を左右に振る。

イザークは長身だが美形だ。それもただの美形ではない。溺愛している弟と同等のキラキラ度を誇っている。

そんな美形が、商店街の兄ちゃんを押し倒していいものか。否だ。

「線……何を考えているのか、いろいろと想像できてしまうんだが」

イザークはニヤニヤしながら線の前に膝をつき、顔を覗き込んでくる。

「馬鹿……みっともないから見んな」

「随分可愛らしいと思う」

「二十九だぞ、俺。来年は三十路だ。可愛いって言われて喜ぶ年かよ。つか、喜ぶのは女子だってーの」

「何歳だろうと、可愛らしいことには変わりない」

「自分がちょっと年上だからって……からかうな」

線は唇を尖らせてそっぽを向く。

「君と大して変わらないだろう」

「変わる。というか、俺が突っ込まれるのは絶対になしだ。かといって、俺が突っ込むのもなしだ。ところで本当に入るもんなのか？　いや、これは単なる好奇心なんだけどさ。やっぱ痛いとかキツイとかあるんだよ……なあ？」

「君は……」

イザークはそこまで言って深く大きな溜め息をついた。

「私を拒んでいるのか煽っているのかわからない」

「煽ってるつもりはまったくないんだけど……深く考えたことがないから、どうなのかなって」

やろうとも思わないし、やるつもりもない。思い出にだってしたくない。そこは好奇心のなせる業だ。体験者が前にいるなら、少しぐらい聞いてみたいというのが人情だと、線は思った。

そういえば……と、線はちらりとイザークを見る。

「……なんだ？　人の顔をじっと見て」

「いや、……そのなんでもない。怒られるようなことはもうしない」

「気になるんだが」

「だってっ！　ゲイとわかった切っかけなんて聞けねえってのー！」

言ってから口を閉ざしても遅い。

線は「俺の馬鹿野郎」と呟いて、今度は頭を抱えた。

だがイザークは「なるほど、そうきたか」と小さく頷いている。

「え……？　怒ったりしないのか？　俺、ちょっと失礼だったかなって思ってんのに」

「いや、別に。己の内面を理解したのは、そう早くはない。これでもティーンエイジャーの頃は女性とつき合っていたし、当時の性欲の対象は女性だけだった」

イザークはその場に胡座をかき、時折遠い目をして語り出す。線は体育座りで黙って聞いた。

「大学生のときに小説のセミナーに参加して、そこで出会った相手が、私の隠された本性を暴いたというか……。自分が満ち足りるために必要なのは、女性でなく男性だと知った」

「そ、そう……ですか」

「カウンセリングにも通ってはっきりしたことだから、スッキリしたな。好みの相手は筋肉質で、それでいてしなやかな体を抱き締め、過度の快感に逃げる腰を乱暴に引き寄せてから……」

「ストップ！　それ以上はもういい。わかったから！　言わなくてもわかったから！」

やーめーてー、体験談はやーめーてーっ！

線は涙目で悲鳴を上げた。

そういう生々しい話はしないでくれ。この馬鹿。なんでいちいち語る。しかも真顔でっ！　恥ずかしくて涙が出るぞっ！

そう怒鳴りつけてやりたいが、線の口は酸欠の金魚のようにパクパクと動くだけだ。

「別に、私の視点で語る分には構わないだろう？」

「か、構う、構いますっ！　目の前で言われたら、なんかされてるような気分になんだろがっ！」

「そうか」

イザークはにっこり微笑むと、線の両肩をしっかりと掴み、続きを語り出した。

「男にされるフェラチオは、女性にされるのとは桁違いに、いい」

「な、なんで？」

「どこをどう責めてやれば感じるかわかっている」

「なるほど……じゃないっ！　別に俺はそんなの知りたくないしっ！」

線は納得しかけたが、慌てて否定する。

「互いにより深く知った方が、友人として信頼関係を築けると思うんだが」

「この状態で、何をどう信頼するんだよ。俺……なんか騙されてねえ？」

騙されているとしても、それをわざわざ疑惑の相手に言うのは馬鹿だ。線は「俺、何やってんの」と自分に力なく突っ込みを入れた。

「君は本当に可愛いな」

「もう勘弁してください」

「いじめているわけではないのだが……」

すっと、イザークは線に顔を近づけて優しく頬を寄せる。

「……あったかい」

一度キスをしてしまったせいか、イザークの頬が触れることに警戒はしても違和感はなかった。こんなことあり得ないだろう。男同士で頬を寄せ合って、何を考えているんだか。そう思っても、触れ合った場所は温かい。

線は「こういう、ほんわかしたのはいい」と感想を述べた。

「友人同士なら、これぐらいの触れ合いはよくする」

「……ホント、あんたってよくわかんねえ」

「ん？」

「普通はこういう場合、素早く襲うもんだろ。俺だったら襲う。違う。押し倒す」

するとイザークは「君は馬鹿か」と嘆いた。

「だってよ？　好きな相手とこうしてほっぺをぺったりくっつけてて……もっと違うことがしたくならないか？　したいだろ？　…………あ」

やっぱ俺は馬鹿だ。言ってからわかった。わかりました。俺、メチャクチャイザークを煽ってる。よく考えてみれば、告白して玉砕した相手に「私とエッチしたいと思わない？」と、言われてるのと同じだ。悔しいし、ヤリたいし、でも断られたしと……恨めしい思いで胸がいっぱいになる。いかん。

線は「今日はどうも空気を読むのが下手みたいだ。ホント、ごめん」と、イザークに心の底から謝る。

「私は精神的苦痛により損害賠償を求めたいと思っていたところなのだが……君がそう言うなら示談ですませてもいい」

「はい？」

「君に触れることを許してもらおう」

「いやもう触ってんじゃん。ほっぺほっぺ」

するとイザークは「冗談だろう」と鼻で笑う。

なんだこいつ……と線は一瞬腹が立ったが、よくよく考えれば悪いのはこっちだと怒りを収める。

「触るって……どこよ」

「どこがいいと思う？　私は、ダイレクトに感じる場所か、焦らして泣かせられる場所か迷っている」

そんなこと迷うなよ！

線は心の中で勢いよく突っ込みを入れ、イザークから頬を離した。

「俺……きっと抵抗する。男に触られて気持ちいいかとか……考えたことないし」

「私も、信頼関係を築く前にこういうことをするのは本意ではないが、君はきっと、私だけが好きという特別な人間なんだ」

イザークは生真面目な顔で、じっと線を見つめて言い切った。

線は驚きも怒鳴ったりもせず、ゴクリと喉を鳴らす。

「なんか……そう言われると……だんだん自分がわかんなくなる。なんだかんだであんたを許すのも俺が特別だからか？　それとも何か？　俺は、美形なら性別関係ないっていう節操なしなのか？　どんなに美形でも弟にムラムラしないぞ」

「それは私にもわからないが……節操なしではないだろう。線に節操がなかったら、私たちはとうにベッドに入っている」

「否定してくれてありがとう」

「どういたしまして」

「でも……だからといって……」

「だから私だけを好きでいれば、問題ないのでは？　私限定の……」

「それもなんだか納得いかない。特別とか限定って言葉は好きだけど」

「ははは」

イザークは髪を掻き上げて照れ笑いをする。

「俺は、だな……おい、イザーク……っ……話を聞いてほしいんですけど……うひっ」

するりと、イザークの右手が線のエプロンの中に入ってきた。

「色気がない」

「色気があったら変だろ。というか、ここでこんなことすんな」

「では、場所を変えようか。君の部屋はどこにある？」

「二階だが、鍋を火にかけたまま離れるヤツがあるか！　大事が起きたらどうするっ！」

「では、ここで続行だ」

「う……っ」

どうして自分は、こんなに馬鹿なんだろう。今日に限って墓穴を掘りまくっている。線は自分を責めながら嘆いた。

イザークの指が、ジャージ越しに線の股間を包み込む。

それはエプロンの上からでもよくわかる動きで、線は耳まで赤くして「馬鹿、やめろ」と悪態をつく。

「殴りたくなったら言ってくれ。今度は避ける」

「おい……っ……理不尽だぞ、これ……っ……何が示談、だよ……っ。同意なく人の体に触って……」

男の感じる場所を心得た指の動きに、線の腰から力が抜ける。

苦痛を感じないギリギリの力で揉まれ、扱かれ、脚を開くように促された線は、「ああ、ちくしょう」と文句を言いながら固く閉ざしていた脚をゆっくりと広げていく。

「随分と素直だ」

「気持ちいいから……、だから、その……っ」

こんな言い訳は最低だ。線は唇を噛んで低く呻いた。

「気持ちがよければ誰でもいい……というわけではないだろう？　線」

「何を、言わせたいんだよ、この変態作家……っ。こないだ読んだあんたの本は、サスペンスでなくホラーだったたっ！」

「読んでくれてありがとう。そして私にとって『変態』は褒め言葉だ」

「ああもうっ！」

エプロンのリボンを解かれ、下のジャージを引き下げられる。

「俺もう、殴っていいか？　こんなの恥ずかしすぎるだろ。本格的だろ。もう充分だって!」

意味がわからない台詞を吐きながら、線は両手を握り締めた。

「気持ちいいのは認めるが、もうダメだ。我慢できない。殴られる前に手を離せ」

「無理だよ、線」

イザークの顔が近づいてくる。

「俺を日本での思い出にするのは、ちょっと待てって!」

ぴたりと、イザークの動きが止まった。

「イザーク?」

いつまで経っても何もアクションを起こさないイザークに、線は低く掠れた声をかけた。

「そんなふうに思っていたのか? なんで私が線を思い出にするんだ? 思い出ではなく恋人になりたいのに」

「その、いずれはアメリカに帰るんだろ? 俺は大事な店と家族があるからついていくことはないし」

「帰国することはあると思う。だが私は日本を拠点にしようと思っている」

「は? 大事な用が済んだら帰るんだろ?」

「待って」

イザークが目を逸らして何事か考え始める。そして言った。

「線は私に恋をしていることを自覚しなければならない」

なんだその決定事項。

「君が私に好意を持っているのはわかるんだ。昔からその手のことに関しては敏感だから」

イザークは線の頭を撫で、そのまま指を頬へと移動させる。

「あんた、猫みたいだ」

「どこが？　確かに髪の毛は柔らかくて触り心地はいいかもしれないが」

「そうじゃなくて……。気がついたらこんな近くにいる。まるでボスだ」

「ボス？」

「猫を……飼ってた。というかどうしても飼いたくていろいろ頑張ったけど、結局は外猫だった。近所のボス猫だから可愛いって顔じゃなかったけど、そいつはたった一日で、十年も前から住んでいるような図々しさを見せてな、祖父さんと弟にもすっかり気に入られたんだ。気がついたら、いつも俺に寄りかかって甘えてたっけ」

するとイザークは苦笑を浮かべ、「私は猫と同等扱いか」と言った。

「そういうわけではないけど……なんだろうな、よくわからない。俺は昔から恋愛事には疎いというか……いい言葉が見つからない。言いたいことはあるのに」

自分が誰かを好きになるのには積極的だが、好かれることに対してはとても照れる。それで逃した恋も多々あった。

好かれるのは嬉しい。でも、知らないうちに嫌われるようなことをしていたらどうしよう。相手が幻滅するようなことを言ったり、そういう行動をしていたらどうしようと思っているうちに、これっぽっちも動けなくなってしまうのだ。

自分から告白してつき合ったことはあっても、告白されてつき合ったことは一度もなかった。無意識のうちに避けていたのかもしれない。

青春の黒歴史だ。そして今も若干引き摺っている。

「多分、ね。線。私は君が馬鹿なことをしたり、失敗ばかりをしても嫌いになったりしないよ。それぐらいで幻滅するような思いは恋でも愛でもないだろう。ティーンエイジャーの幻想だ」

線は目を丸くしてイザークを見つめ、次の瞬間、いたたまれなさに両手で顔を覆う。

すみません、未だにティーンエイジャーを引き摺っちゃって。

「だからね、君も、何もかもさらしてくれ。私は君のことをもっと知りたい。そして私はこれからも日本にいるから安心してほしい」

「なあ、イザーク」

「なんだい？」

「……あんた、凄くいい人だな」

するとイザークは頬を引きつらせ、そっぽを向いてわざとらしい溜め息をついた。

「俺が一体何をした？　『された』の間違いだろうに」

線はキッチンで出来上がったカレーをプラスチックの容器に移し替えながら文句を言う。

カレーは過去最高の出来で、祖父と弟は喜んで食べてくれた。

なのに。

「まったく、あの馬鹿野郎は」

イザークはカレーが出来上がる前に「帰る」とだけ言って逃げるように夏原家を出ていってしまったのだ。

「こんな旨いカレーを食べないなんて、信じられない」

二人前のチキンカレーをプラスチックの容器によそって、零れないようきっちりと蓋をする。

手作りのナンも、ペーパーナプキンに包んだ。

「何度俺に配達をさせれば気がすむんだ、あの馬鹿」

「……兄さん？　どうかしたの？」

線が慌てて振り返ると、風呂上がりの弟があっけにとられている。

「せっかくカレーを作ってやったのに、食わずに帰った馬鹿を罵っていたんだ」

「でも……」

元はカレーの入った容器を一瞥して、「結局配達してあげるんじゃないか」と肩を竦めた。

「食わすだろ。あいつの金で作ったんだから」

「兄さん……早く持っていってあげなよ。小説家は不規則な生活をしているって聞くから、今からでも夕食に間に合うんじゃないか？」

「そうする。しかし……」

「しかし？　何？」

線は弟を見つめ、「いい人ってさ、褒め言葉だよな？」と尋ねる。

元は神妙な顔で「時と場合によるよ」と返した。

「どういうことだ？」

「たとえば……友人同士だったら『いいヤツ』っていうのは最高の褒め言葉になるだろ？友情と信頼の証しだ。でも、片思いしてる相手から『線君って本当にいい人だね』って言われたら、兄さんどうする？」

「え？　ありがとうって……言わないか？」

すると弟は、イザークと同じようにそっぽを向いてわざとらしい溜め息をついた。

随分と意味深な態度で気になるが、同じくらい腹立たしくもなる。

「なんだよ、それ」

「俺は今まで兄さんが振られるたびに『こんなに素敵な兄を振るなんて、女子は見る目がない』って思ってたんだけど……。なんというかさ、もっとこう言葉の裏を読んで。簡単だから。言葉通りに受け取らないで」

元は線の肩に手を置いて、またしても溜め息をつく。

「その……俺は……間違ってるのか？」

「『あなたっていい人ね』には『恋愛対象にはならないわ』という言葉が隠されてる場合が多い。恋人と友人の線引きというかなんというか」

さっと、線の頭から血の気が引く。

俺はあいつにとんでもないことを言ったっ！　弟に指摘されて今頃気づくとは、なんて鈍感な男なんだ！　今ならわかる。わかりすぎる。好きな相手から「いい人」なんて言われたらショックだ。それがいつものんびりしているように見えるイザークでも傷つくだろう。つか作家先生の感性をザクザクと傷つけてる気がする！　俺は最悪だ。人の心をわかってるつもりでまったくわかっていなかった……！

膝から下の力が抜けて、ヘナヘナとその場にしゃがみ込む。

「兄さん、大丈夫？」

元が慌てて抱き起こしてくれたが、線は瀕死の重傷だ。主にハートが。

「手遅れかもしれないけど、謝りに行かないと」

「へ？」

「イザークに……謝らないと。ありがとうな、元」

「謝るって？　ちょっと待って、兄さんっ！　俺がいない間に何が起きたっ！」

誰が言えるかそんなこと。

しかし線の顔は気恥ずかしさで赤くなる。

「あー…………うん、もう言わなくていい。なんかわかった。だよな……兄さんって、その手の人に好かれるタイプだもんな」

似たような台詞を、どこかで聞いた覚えがあるんだが、弟よ。

線は眉間に皺を寄せ、じっと弟を見る。

「まあ、本人がここまで鈍感のブラコンだから、今まで何もなく平和だったんだ」

「元……兄ちゃんにもわかるように話してくれ」

「イザークさんに告られたんだろ？」

線は口を真一文字に結び、目を泳がせた。

「もしくは、何かが起きた、とか」

「……元が知らない間に大人になってて、兄ちゃんの心は複雑だ」

「あと一つ」

元は線を見つめて「最初に謝っとく」と言い、続けて「俺は心の中では、兄さんとイザークさんは上手くいくんじゃないかと思ってた」と言い切る。

線は「お前にもそう見えたのか」と天井を仰ぐ。

「なんでそんなことを思ったのか、俺にも実はわからない。ただ漠然と、というか……」

「漠然と兄ちゃんとイザークをくっつけないでくれ」

「ごめん。でも……兄さんの『長男気質』は物凄い強みだと思う。だからみんなそこに惚れるんじゃないかと。イザークさんも例外なく。目の前で困ってる連中を見捨てるなんてできないもんね。兄さんは長男気質で困ってる人は助けてやりたい人なんだ。特に腹をすかせてぼんやり立っている、どこぞの作家先生とか。悔しいけど。ホント悔しいけどさ」

線は何も言えずに弟を見た。

そして長男気質に関係なく、イザークを助けたいと思っていると自覚した。

「配達に行くなら、俺も一緒に行く」

「自転車で一っ走りだし」

「俺も行く」

「もしかして……兄ちゃん一人じゃ心配なのか？」

「うん」

　頷かれてしまった。しかもしっかりと。

　線は「そんなに兄ちゃん……頼りないか？」と溜め息をつく。

「そういうことじゃなく、さ。……ほら、人間誰にでも得手不得手があるし。こういうときぐらいじゃないと、兄さんのことを助けられないし」

「愚兄ですまん」

「何言ってんだよ。兄さんは凄いって。兄さんの料理を一口でも食べたことのある人は、みんな兄さんのファンになる。こないだだって、うちを取材したいって電話がきてたじゃないか」

　確かに電話はきた。夕方のワイドショーで特集を組みたいとも言われた。だが線は、書き入れ時に取材されるのはいやだった。だからいつも祖父がしていたように、きっぱりと断ったのだ。

「俺は、兄さんの魅力が全国区になったらどうしようかと、ずっとハラハラしてた」

「はは。惣菜の旨さの魅力か？　兄ちゃんは商店街の惣菜屋で充分幸せだ」

「うん。……でね、配達はいっそ俺が行く」

「お前みたいな美少年を、夜間外出させられるか。これは兄ちゃんが行ってきます」

イザークに会って、自分がどれだけ無神経だったかを謝罪したい。いや待て、もしかしたら謝罪することがあいつのプライドに障るってことも……あり得るな。だったら何も言わずにカレーだけ届ければいいのか？　とにかく、向こうの出方を見ながら、慎重に話をしよう。

「無知の罪」は重い。

線は、「いい年をして察することができないのか、俺は」と自分を叱咤しながら、弁当を自転車の籠に入れて店を出た。

「……大丈夫、かなあ」

何もなければいいけど。というか、むしろ作家先生が玉砕してくれれば、俺は安心できるんだけど。

自他共に認めるブラコンは兄の専売特許ではないのだ。

相変わらず錆だらけの門を開け、玄関までのアプローチをペダルを漕ぎながら屋敷の玄関へと到着した。

「落ち着け、俺。とにかく……」

線は途中で口を噤む。

自転車を止めて呼び鈴を鳴らす前に、ドアが勝手に開いたのだ。

そこから現れたのは、右手にシャベル、左手に鎌を持ったイザーク。

しかもイザークの顔は酷く不機嫌で、まるで冬眠中に無理矢理起こされた熊だ。何かに取り憑かれたようなうつろな目をしていた。

線は、カレーの入った紙袋を持ったまま、彼が持っているシャベルに注目する。

するとたちまち、小学生の頃にした冒険の記憶が蘇った。

「……線？」

洋館の裏庭には、何かが埋められている。あのとき線たちが出会った外国人の子供の幽霊は、大事そうに何かを手に持っていた。

反射的に、背筋にいやな汗が流れる。これはある種のトラウマだ。

「どうした？　こんな時間に」

イザークの顔は美形にあるまじき酷いものだったが、声はいつもと同じで低く優しい。もう怒っていないのか、まだわからない。線は慎重に、言葉を選ぶ。

「カレーと……ナンを焼いた。フライパンで焼いたから、本格的なものじゃないけど。よかったら」

イザークに押しつけようにも、彼は両手に「武器」を持っているのでどうにもならない。

「ええと……そこの、棚の上に置いておく。食べるときはレンジで温めてくれ。あと、いもはトッピング用だ」

線は、花瓶が置いてある棚に紙袋を置き、「今日食べなければ冷蔵庫だ。カレーも鶏も足が早い。食中毒には気をつけて。では、お休みなさい」と言って、自転車に向かう。

「待ってくれ」

声とともに、シャベルと鎌が地面に放り出された。

夜の金属音はかなり響く。だがイザークは気にせず、線の腕をしっかりと掴んだ。

「ごめん。なんか、いろいろとごめん。俺は無神経で、どうしようもない男だ。自分が恥ずかしい。イザークは……『いい人』じゃない」

言い方は少々おかしいが、おそらくこれで伝わるはずだ。

線はイザークの手を払わず、彼が言葉を発するのを待つ。

「わざわざこうして、私に会いに来てくれたということは……期待してもいいのか？」

なんだ期待って……なんて言ってはいけない。沈黙がプレッシャーをかけてくるが、線は慎重に言葉を選んだ。

「イザークは、俺の、いい人じゃない。友だちだ。取りあえず……これから先はどうなるかわからない。でも俺は……きっとあんたにお節介を焼く、ような……気がする」

問いかけに対する答えではなかった。でも。

線は「俺はお人好しの馬鹿だから、それに関しては本当に謝罪する」と真剣な顔で言った。

「さて、どう解釈したらいいものかな」

イザークは線の腕を掴んだまま、少し困った顔で微笑む。

そこに今度はジョーイが現れた。

「兄さんっ！　誰かに見られたりしたら……っ！　…………あ」

彼は手に大きなハサミを持っていた。高枝切りバサミによく似た、なんでも切れそうな丈夫で大きいハサミだ。

「ジョーイ、お前はさっさと部屋に戻れ」

「え？　でも美味しそうなカレーの匂いが……。てへ。いらっしゃい、線」

親愛の言葉を投げかけられても、咄嗟に背中に隠したハサミの存在は大きすぎる。一体何をやっていたのか、否、何をやろうとしているのか。

もしや彼らはこの屋敷の幽霊に取り憑かれているのか。だとしたら自分は、飛んで火に入る夏の虫だ。新たな生け贄になってしまう。

「ここで立ち話をするのもなんだから、そうだな……キッチンにでも行こうか。面白い茶葉がいくつかあるから、試飲しよう」

キッチンには刃物がたくさんある。

線はゴクリとつばをのみ込んだ。

「そのシャベルと鎌、どうするんだ？」

「何もしない。別に今夜でなくてもいい」

「この屋敷に、変な噂があるのは……知ってるか？」

あ。もしかして俺、たった今死亡フラグを立てたか？　とにかく……何かが立ったような気がする。

線は、できるだけ冷静にイザークの腕を離し、自転車にまたがる。あくまでゆっくり、余裕を持って。

「噂……？」

ジョーイがイザークに寄り添い、線を見てにっこり微笑む。「さあ知らないな？」と、唇が動く。

「ともかく、君を使いっ走りのように扱うわけにもいかない。さあ、うちで一息つくといい。もっと……話をさせてくれ」

線は問いかけを気持ちよくスルーされた。それだけではない。イザークに腰を掴まれ、自転車から引き摺り下ろされてしまったのだ。

「な！　この馬鹿力……っ！」

「私は君と話がしたいんだ」

ずるずると屋敷の中に引き摺られる線に、ジョーイが「明日は日曜日で定休日なんでしょう？　ゆっくりしていってくれ」と、またしてもにっこりと微笑んだ。


キッチンには、甘いのにどこか爽やかな、とてもいい匂いが漂う。

作業台の上に、丸まった緑色の何かが散らばっていた。

「台湾の友人がね、送ってくれたんだ。かなりの上物だ。本当に、甘く爽やかな、乳の香りがするんだよ」

イザークの指が、銘柄の書かれた紙を線に渡す。それには「梅山金萱茶」と印刷されている。

「質の悪いものは人工香料の匂いがして、変に甘く、とても不味い。……これと、定番の凍頂烏龍茶に東方美人」

ガラス瓶に入れられた凍頂烏龍茶の茶葉も、ころころと深緑色でみな丸まっている。東方美人は千切りにしたキクラゲに見えた。

ジョーイは「カレーは匂いが強いからお茶の香りの邪魔になるね」と言って、スキップをしながら二階の自分の部屋に持っていってしまった。冷めても旨いが、鶏の脂が少し舌にざらつくかもしれない。できればナンもオーブンで温めてほしかった。

「湯が沸騰したら、すぐに旨い茶を淹れてやろう」

「そ、そうか……。あのな、イザーク。さっきのシャベルと鎌は、何に使うつもりだったんだ？」

「草刈りだよ。うちの庭は、それはもう荒れ放題だろう？　何が出てきても不思議じゃないが、蛇がいたら困るんだ。近所には小学校もある。小さな子供に何かあったら、訴訟ものだ」

まったくその通りだが、こんな時間に草刈りをするのはおかしい。普通なら、昼間だ。

イザークはままごとの道具のような小さな茶の道具を作業台に置く。模様の入ってない土色の急須に、おちょこに似た茶杯。ミルクピッチャーを大きくしたような容器。盆にはスノコが敷いてある。

「本格的だ。小さな急須を使うのか？」

「これは茶壺《ちゃぶう》という。これは茶海《ちゃかい》、この小さな湯飲みは茶杯という」

急須、ミルクピッチャー、湯飲みには、ちゃんとした名前があった。

線は、湯で温められた茶具を感心しながら見つめる。

「君が淹れ方を覚えて、家族にも飲ませてやるといい」

「……そうだな。そう言われると……祖父さんも弟も、大して旨くない茶を毎日飲んでいたということか。イザークに会えてよかった」

「そう言ってくれると、私も救われる」

イザークは温めていた湯を捨て、ころころとした深緑色の茶葉を茶壺に入れる。そこに、沸騰してから一旦落ち着かせた湯を注いだ。今度は飲む用だ。

上品な甘い香りが鼻腔をくすぐる。

屋敷に入るまで緊張していた線は、この香りですっかりリラックスした。

「あと一分ほど待ってくれ」

イザークは蓋をした茶壺に熱湯をかけながら説明する。

「待つよ。……でな、お節介なのは重々承知しているんだが、一つ言ってもいいか？」

「なんだい？」

「この屋敷は……イザークが暮らすまでずっと空き家だったって知ってた？」

「荒れ放題の庭を見ればすぐにわかる。……適当に除草剤をまけばどうにかなると思っていたが、雑草は意外としぶといものだな」

「なんで空き家だったか……知ってるか？　不動産会社から説明、された？」

「理由は知らないが、面白い噂はいくつか聞いた。外国人の子供の幽霊が出るとか、昔はよく、近所の小学校の子供たちが探検に来たとか……」

イザークは「そろそろだな」と言って、茶杯でなくまず茶海に茶を入れた。それを今度は茶杯に注ぐ。きっとこういう手間が、茶を旨くするのだろう。

「プーアール茶では最初に茶壺に入れた茶は洗茶といって捨てるんだが、これはそのまま飲む」

線は、「どうぞ」と差し出された茶杯を素直に受け取り、口に運ぶ。そして、作法も何も考えずに一気に飲んだ。

「旨いっ！　なんだこれ！　今まで飲んだどの茶よりも旨いっ！　それに……凄く香りがいいっ！　お代わりっ！」

頬を染めてはしゃぐ線に、イザークはそっと二杯目を注ぐ。

「しかし、まあ……幽霊の噂には感謝した。この屋敷の管理はしてもらっていたんだが、どうやら業者は庭の手入れまでしてくれなかったようなんだ。廃墟と間違えて誰かに侵入され荒らされたら、私が日本にやってきた理由の半分が失われてしまう」

今……なんて言った？

線は二杯目を飲み干し、茶杯を作業台に置いた。

「管理をしてもらってた？」

「ああ。そもそもこの土地家屋は私の祖父のもので、今は私が所有者になっている。もっとこう、手入れをしてくれていれば幽霊屋敷といわれずにすんだんだが」

月夜に照らされた白い鉄柵。季節の花々が咲き誇る美しい庭。そして、ずるずると引き摺られていくシャベル。

金色の髪を持った子供が、月明かりを頼りにうろつく。その手には、何かとても大事なものが入っていただろう箱。

あの箱には、一体何が入っていたのか。

線は小学生の頃の冒険を思い出す。あのときの子供の幽霊と。目の前の男がダブって見えた。

「金髪の、子供の幽霊を見たんだ。小学生の頃な。当時からこの屋敷に関していろんな噂が飛び交ってた。それを確かめるために……仲間と夜中に集合してさ」

「よく大事にならなかったな」

「なった。そりゃもう、大騒ぎだった。散々親と先生に叱られた。でも俺たちは、本当に幽霊を見た」

「ほほう」

イザークは茶を一口飲むと、「私はここに一年も住んでいるが、まだ見たことがない」と微笑む。

「なあ……一年もここに住まなきゃならない大事な用事なのか？」

「ああ。一年かかっても見つけられなかったからな。肝心の用事はまったく終わらず、君の作る惣菜は信じられないほど旨い。そのうち、用事などどうでもよくなった。君の店に通って、君の笑顔を見て、君の手作り惣菜を食べることが、私の中で重要な用事となった」

……最初に言ってくれればよかったのに。いきなりキスをするんじゃなくて。そうすれば、俺はもしかしたら。

線はそんなことを思いながら、イザークに向かってそっと手を伸ばす。そして彼の頬に触れた。

「できることなら、これからもずっと、君に餌付けされたい」

「餌付け、とか言うなよ」

「線は私を餌付けしたくない、と？」

「そんなこと言ってない。餌付けか？　いいさ、いくらでもしてやる。これからも山ほど旨いものを食わせてやる。ただしそれは……あんたの淹れるお茶と交換だ」

ただ謝罪に来ただけなのに、気がつくと線はイザークの手を握り締めて宣言していた。

「あんたは本当に……」

線は、隙あらば膝の上に乗ってきたボスを思い出す。庭の猫小屋を住み処にしていたボスは、どんなに綺麗にしてやってもすぐに白い被毛を汚してきた。汚れたままの格好で、線の膝に乗るのが好きだった。大きくて重くて、汚れていて。でも触ると被毛はふわふわとして柔らかかった。

「気がついたら、俺の膝の上にいるんだな」

イザークは一瞬目を丸くしたが、線が自分を「ボス」という猫に重ねていると理解したようだ。目を細めて笑う。

「君をずっと、愛していてもいいかな？」

「原稿が終わったら……す、好きに、すればいいんじゃねえ？　日本にいるなら思い出にもならないだろうし。もう、いろいろと弟にバレた。というか知ってた」

「私が君を好きだということか？　それとも、キスをしたことか？　キッチンで触れたことか？」

「多分……全部。俺の弟は美形なだけでなく、勘もいいし賢い。『いい人』の意味を教えてくれたのもあいつだ。だから俺はずっと兄でいられたんだと思う……」

弟のことならいくらでも褒められる。……が、線はここで、自分がいかに料理以外のことは人並み以下の存在なのかを再確認し、がっくりと項垂れる。

なのにイザークは、うろたえることなく声を上げて笑った。

「よくここに来ることを許してくれたな、君の弟は」

「元は、俺がこうと決めたことは絶対に曲げないって知ってるから。気をつけてって送り出してくれた」

「つまり私は、難攻不落の城砦を突破したことになる。今日は是非とも泊まっていけ」

「それは無理」

「どうして？」

「あんたが掃除をしない限り……絶対にここには泊まらない。立派な屋敷なのに、綺麗なのはキッチンだけだなんてあり得ない」

「失敬だな。バスルームも綺麗だ」

線は首を左右に振った。

だから……水回りだけが綺麗って……とてもいいことだが、生活空間の中心が汚いのは、俺は絶対に許せないっ！　もし仮に、ベッドに押し倒されるようなことがあったらどうする。埃が舞うんだぞ？　全裸になる場所に埃を舞わせてどうするっ！

気恥ずかしくて口にできないことを、心の中でありったけ叫ぶ。

そして線は気づいた。

「……なんで俺は、押し倒されることを前提に考えてんだ？」

「君が私の気持ちを受け入れたからだろう？　無自覚は罪だと、いいかげんに理解したまえ」

イザークがとても嬉しそうに、力任せに線の手を握り締める。

「俺たちは二人とも男だと思うんだが」

「しかし、君は私に寛大だ。ありがとう。私はとても嬉しい」

「や、やり方なんて、尻の穴に突っ込むってことぐらいしか知りませんけどっ！」

「私に任せておけばいい。未開発の処女をじっくりと調教するのは男のロマンだ」

「俺も男だ」

「わかってる。たとえたまでだ」

イザークはますます嬉しそうに微笑んだ。

「だから、泊まっていきなさい。二階の客室であれば、蜘蛛の巣が張っているぐらいだ」

「絶対にいやだっ！　掃除をする。いや、させろっ！　今からでもいいから、きっちり掃除させろっ！　手伝えっ！　話はそれからだっ！」

線はイザークの手を振り切って勢いよく立ち上がる。

「屋敷の中を綺麗に掃除したら、私の恋人になってくれる？」

「任せろっ！」

元気よく返事をしてからことの大きさに気づき、線は両手で顔を覆ってその場に蹲った。

放ってしまった言葉は戻せない。

今日は絶対に、慎重に口を開こうと思っていたのに。俺ってヤツは本当に……。

今更自分を罵っても仕方のないことだとわかっていても、罵らずにはいられなかった。

「そうか。なんだ、最初からこうすればよかったのか。ふむ。確かに私は、酷く遠回りをしたようだ。線、君にも謝罪しなければ」

おそらくイザークにとって、今日という夜は記念日になるだろう。

彼は幸せそうな笑みを浮かべていた。

「……兄さん、もう話は終わった？　だとしたら……僕は自分の用事を済ませようかと思うんだけど」

キッチンのドアを開けて、ジョーイが顔を覗かせた。

彼はまだ、手に大きなハサミを持っている。

「ジョーイ、それは明日にしよう」

「でも兄さん……早く見つけないと大変なことになる」

彼は床に蹲った線にちらちらと目を向けながら「僕、来週にはアメリカに帰るんだよ？」と言った。

「わかっている。絶対に見つけ出すから」

「線に知られたらどうするの？　人は驚愕の事実を前にすると豹変するよ？　今は可愛い子犬ちゃんでも、兄さんの首を噛み砕く狼になるかもしれない」

ちょっと待て。物騒なたとえはやめてくれないかな。

線は両手を下ろし、顔を上げてジョーイを見る。

「だって僕、一年も線を見つめ続けていた兄さんと違って、知り合ってから日が浅いんです。でもカレーはとても美味しかった、ごちそうさまでした」

ジョーイは兄に拗ねてみせ、線によそ行きの笑顔を見せた。

「驚愕の事実ってなんだよ。まさか……この屋敷の庭に死体でも埋まっているのか？　イザークの大事な用って……まさか、死体の確保？」

線の問いかけには答えず、ジョーイは大きなハサミをジャキジャキと鳴らした。

昔プレイしたホラーゲームを思わせる動作に、線は鳥肌を立てる。

キッチンが、水を打ったように静まり返った。

線はホラーが好きだが、それはあくまでフィクションだからであって、ノンフィクションは好きでもなんでもない。むしろこの世から根絶してくれと願っている。

「この屋敷には金髪の子供の幽霊が出るって……そういう噂があるんだってね。不動産屋さんは『単なる噂ですから』と言っていたけれど。ねえ、線。事実だったらどうする？」

ジョーイの囁くような声と、ハサミを動かす音が重なる。

イザークは何も言わずに、意味深な眼差しを線に向けた。

「お、俺……は……っ」

緊張が増し、声が上擦る。冷や汗はあとからあとから流れてくるし、足だって震えて立っているだけで精いっぱいだ。

線は、家に残してきた祖父と弟を思い浮かべた。自分がいなくなったらどうなってしまうのか。今まで考えたこともなかったのに。

ここで二十九年の人生が終わってしまうのか、それとも、一生奴隷として生きていくことを強いられるのか。そんな危ない世界は、ホラー小説の中だけだと思っていた。どうしたらこの状況を打破できるのか、線は懸命に考える。

すると。

それまで冷ややかな表情を浮かべていたジョーイが、いきなり笑い出した。

「も、いやだ……っ……そんな真剣な顔で……っ……線っ！」

「…………え？」

「どうして僕が兄さんの可愛い恋人を殺さなくちゃならないんだ？　もう」

「いや……だって……そのハサミ」

線は、ジョーイがジャッキンと鳴らしたハサミを、震える手で指さす。

「これは、裏庭にはびこる憎き蔦を切るためのもの。こんな美しい僕が、髪を振り乱して蔦を切りまくっているところなんて、人に見せられないだろ？　だから、夜中に切っておこうかなと」

待て。それはそれで、またいやな都市伝説が生まれそうだ。「真夜中に巨大なハサミを持って追いかけてくる男がいる」って。

取りあえず、線はジョーイに担がれたのだと理解できた。

イザークがクスクス笑っている。

「あんたなあ！　黙って様子見をするなよっ！　俺は本当に怖かったんだぞっ！」

「ああ。いい表情だった。今書いている話に、是非とも使わせてもらおう」

「俺を好きなら俺を守ろうとか、普通は考えないか？　俺が焦っている姿を見て喜ぶなんて、あんたはサディストか」

するとこの兄弟は、「否定はしない」と仲良くハモって極上の微笑みを浮かべた。


弟が寝ていたら起こすのは可哀相だと、線はメールで「明日、掃除道具持参。動きやすい格好。食材を持ってイザークの家へ。午前中から来てくれ」と、連絡を入れた。

一分も経たないうちに「？？？………了解！」と返信がくる。

「その顔は、どうやら君の守護騎士も大掃除に参戦ということかな？」

イザークは、きっちり一人前残っているチキンカレーを食べながら線に聞いた。

「ん？　元のことか？　ああ、参戦だ。どれだけのゴミが出るかわからないが、一時的に置く場所は山ほどあるから大丈夫だろう。……ところで、指定ゴミ袋はあるか？」

「さあ。いつも、君の店のレジ袋をゴミ入れにして、ゴミの日に捨てていたからね」

「な……っ！」

線は慌てて、「45リットルのゴミ袋をありったけ買ってこい。領収書を貰うのを忘れずに」とメールを追加送信した。

「イザークは、今夜は厨房かバスルームで寝ろ。……しかしジョーイはよくこんなところで寝泊まりできるな」

「彼は、自分の部屋だけは綺麗にしているんだ。あれはびっくりした。……このナン、旨いな。また焼いてくれるか？」

イザークは一口大にちぎったナンを口に入れ、じっくりと噛み締めて幸せを味わう。

「いくらでも焼いてやる。……なあ、俺はそろそろ廊下を掃きたい。掃除道具はどこにあるんだ？」

「地下の倉庫だ」

線は「そうか」と頷いて、イザークの向かいに座り直した。

地下と聞いて、行く気がなくなった。

「……行かないのか？」

「ホラーやサスペンス物だと、屋敷の地下で事件が起きる」

「ここには私たちしか住んでいないと思うが……」

「そこは断定しろよっ！　世帯主としてっ！」

線が突っ込みを入れると、イザークは笑って「そうだな」と頷く。たわいもない、どこにでもあるような友人同士の会話だ。そう、まだ今は。

「この、骨付き肉の身離れのよさといったら……。これはライスでも食べたいなあ」

「そこにショートパスタを投入しても、とても旨い」

「聞くんじゃなかった。この屋敷には茶葉と酒しかないというのに……っ」

イザークは本気で苦悩して、切なげな溜め息をつく。

「俺が傍にいれば、そのうち食べる機会もあるんじゃねえ？　ただし、うちに通え」

「私用に、弁当を用意してくれるのか？　嬉しい」

「馬鹿」

線は、カレーが入っていた紙袋を畳んだり開いたりしながら「店じゃなくて、うち」と言った。恥ずかしくて耳が赤くなる。

「そうか……。うん、私は馬鹿だな。しかし、君がそんなふうに……急に可愛いことを言ってくれるとは思わなかった」

「約束したじゃないか。屋敷を綺麗にしたらつき合うって。最初は原稿が終わってからって言ったのに！　ホント俺って馬鹿だよな」

……って言っておけばいいんだろ？　でも気恥ずかしくて死にそうなんだけど、俺っ！

好かれているから……なんて余裕はこれっぽっちもない。

「俺も大概……ぶっ壊れてんよなあ。こうもあっさり認めるとは」

「潔い、ということだ。それに、まだ私たちは、厳密に言うと『肉体関係を前提とした友人関係』を築いている最中であって、肉体関係があるわけではない。己の真意が確かめられるのは、おそらくセックスのあとだ」

エロいことを真顔で語らないでください、作家先生。

線は実にしょっぱい表情を浮かべ、首を左右に振る。

「なあ。食い終わったら、俺と一緒に地下に行ってくれねえ？」

「構わんよ」

「明かりはつく？」

「私が下りたときは大丈夫だった」

「そっか……」

線はスマートフォンに視線を向け、今の時間を確認する。

何をどう時間を潰していたのか知らないが、もう午前一時。どうりで眠いはずだと、線は小さなあくびをした。いつもならもう布団の中だ。

「眠いなら無理をするな」

「……このピークを乗り切れば目が冴える」

「掃除道具を出すのは、何も今でなくても」

「仮眠を取るにしても、ここの床に掃除機をかけずに寝られるかよ」

「だったら、私の寝室を使えばいい。そこだけは、綺麗にしてある。ちなみに私が使っているベッドは、仕事部屋の簡易ベッドだ」

線はしかめっ面を浮かべ、イザークをじっと見つめた。

屋敷が広いから掃除をする場所がピンポイントなのだろうか。

清潔でふわふわのベッドの誘惑は強烈だ。だがもしここで寝たら、あからさまに言うと貞操の危機。いや、線は確実にイザークに美味しく頂かれてしまうのは、さすがに見合わせたい。

「やっぱ家に帰る。一晩ここにいるっていう理由もないし。風呂にも入りたいし。焦って元にメールをすることもなかった」

「帰したくないと言ったら？」

「帰る。つき合う前にセックスなんてできないだろっ！　そういうのは、おつき合いして、三カ月ぐらい経ってからだっ！」

イザークは口を閉ざして首を左右に振り、ペパーミントを浮かべたミネラルウオーターを一口飲む。

「それも一つの選択だと思うが、体の相性を確認するなら早い方がいいと、私は思うが」

「好きだと言っておいて、やっぱり相性が悪いから別れる……？　最悪だ」

別れるにしても、ちゃんと責任を取ってもらいたい。あれこれしたあとに別れるなんて絶対にしないけどな！

線は心の中で決意しつつ、イザークを睨みつけた。

「いやいやいや」

イザークは笑って、「早いうちから改善策を話し合えるだろう？」と付け足す。

ああ、そういう意味ですか。なるほど。いいと思います。

線は頬を染め、「ふむ」と頷く。

「だから、ね？　挿入は成り行きに任せるとして、同じベッドで寝てみないか？」

「掃除をしてからつき合うと、そう言ったと思うんだがなー、俺は」

「つまり『掃除』をすればいいのだな」

何をどう納得したのか。

イザークは「ごちそうさま」と言って立ち上がり、シンクに容器を置き、その足ですたすたと地下に向かった。

「おい、俺も行くってて っ！」

「すぐ終わるから待ってろ。君はそのカレー色の容器を洗っておいてくれ」

「…………カレーが入っていた容器を洗うのは面倒なんだぞ、おい」

線は独り言を言ってから、「まずは浸け置き、だな」と立ち上がった。


何度手伝うと言ってもイザークは話を聞かず、線がハラハラと見守る中、仕事部屋の掃除を始めた。正しくは、仕事部屋の隅にある「簡易ベッドとその周り」だが。

作家はみな、イザークのように紙や本で部屋が埋もれているのだろうか。それとも、この男だけが特別なのか。

線は、積み上げられた書籍や郵便物を見つめながらそう思った。

「この部屋を片づけたい」

使い終わったティーカップやマグカップがいくつも並んだデスク。山ほどの付箋を貼りつけたままのモニター。キーボードには飲み物を零したような跡がそのまま残っている。床にはボールペンが何本も転がり、封を切った封筒はラグマットのようだ。

こう、デスク側からドアに視線を向けると、イザークの通り道がよくわかる。これではまるで「けもの道」だ。

横になれる大きなソファの背もたれには、洗濯の済んだ衣類が置かれている。すぐ横にクローゼットがあるが、その前には通販物が入っていただろう段ボール箱が積み重ねてあって使えない。

「……ものぐさ、なのか？」

線はせめてあの段ボール箱だけでも潰しておこうと、一歩前に踏み出す。

と同時に、イザークが「終わった！」と声を上げた。

「見てくれ、線。私もやればできる」

あー……こいつ、一番タチの悪い言い回しを使ったな。「やればできる」ってのは、何もできないヤツが言う台詞じゃないか。

線は複雑な表情を浮かべて振り返る。

確かに綺麗になっていた。ゴミ箱は空だし、ベッドメイクもできている。シーツはすべて新品と交換されていて、すぐ横の窓も綺麗だ。

その代わり、ゴミ袋は四つほどパンパンになっている。そのうち二つの中身は、シーツや枕、上掛けなどのベッド関係だ。

「勿体ないじゃないか、シーツは洗えばまた使えるだろ？」

「…………ああ、そうだったな」

イザークは笑みを浮かべ、シーツやタオルケットの入ったゴミ袋に、マジックで「洗濯物あり」と書いた。残りの二つは正真正銘の紙ゴミだ。

「それ、燃えるゴミの日に捨てていいのか？　個人情報の類いならシュレッダーにかけてからの方がいい気がする」

「いらないメモやプリントアウトしてみた過去の原稿だから、大丈夫」

「ならいいけど……」

「取りあえず、これを廊下に出してくるから、線はシャワーでも浴びてくれ」

「シャワー？」

線はベッド脇から部屋の中を見渡し、ドアに向かう以外の「けもの道」を探す。

あった。一つだけ、段ボール箱で塞がれていないドアが。

「了解」

水回りは綺麗にしていると言ったから期待しておこう。

それでも線は、お化け屋敷に入る客のようにちょっぴりドキドキしながらけもの道を歩いた。


果たしてバスルームは美しかった。

トイレとシャワーとバスタブが、美しいタイルの上で輝いている。

タオルは新しく、トイレットペーパーは掃除終了の印として先が三角に折られている。

バスタブには水滴の跡さえ残っていない。

線は混乱した。水回りをここまで完璧に掃除できる男が、なぜ自分の部屋の掃除ができないのか。

「んだよ、これ……鏡まで、曇り一つない」

おそらく、水垢がつかないように専用の洗剤を使っているのだろう。それをいったら、この美しいモザイクタイルも、乳白色のバスタブもそうだ。

ガラス張りのシャワー室も完璧な仕上がり。

ちょっとばかり掃除に自信のあった線は、その自信が粉々に砕けた。これはもう、脱帽の域だ。

「……あとでどんな洗剤を使ってるか、聞いておこう」

独り言ちて線はバスタブに湯を張り、服を脱ぐ。

大きなバスタブは、線が足を伸ばしても余裕だった。こんなふうに足が伸ばせるのは気持ちがいい。線は、来月から「家の風呂場改装費用」を貯金しようと決めた。

「取りあえず、やることはすべてやった」

シャンプーやボディーソープの横に、ピンク色の蓋がついた英語でローションと書かれた容器があったが、線は見て見ぬふりをした。

そこへ、すでに全裸のイザークが入ってくる。

「おいっ！　なんだよっ！」

いきなり全裸で登場した彼に、線は突っ込みを入れた。

「服を洗濯機に突っ込んできたんだが……」

「洗濯機がどこにあるのか知らないが、つまりあんたは、そこからここまでずっと全裸で歩いてきたってことか？」

「そうなるな」

イザークは「気にするな」と笑い、シャワー室のドアを開けた。

あのですね。何もかもが丸見えなんですよ、そこはガラス張りだから。少しは羞恥心を持てと。

線は「立派だったな」と呟いて、バスタブから立ち上がる。そして、バスタオルを掴もうと手を伸ばした瞬間。

「なぜ出るっ！」

シャワーの湯で濡れそぼったイザークが、ガラスのドアを開けて大声を上げた。

「だってあんたが入るんだろ？　俺はもう済んだし。……あ、ガウン借りるから」

「一緒に入ろうと思っていたのに！　私はとても楽しみにしていたんだっ！」

イザークの必死の叫びを聞いて、線は「そ、そうか……」と気おされてバスタブに戻った。

俺と風呂に入るのがそんなに楽しいのか。ったくよー。好かれるって気恥ずかしいし照れる。つか、恋人同士にもなってないっての。

バスタブの中で体育座りをしながら、線はふと思った。

「俺……そうだよな……うん、掃除が終わったらつき合うって言った」

簡単に、恋人同士になっていいのか？　いや、そう決めたのは俺だ。しかし、なんでこんなことに。

……と、線は勢いよく顔を上げた。自分の発言を、今更後悔しても仕方がない。悩んでも解決策のないことを延々と悩むような年頃ではないので、「なるようになれ」と腹をくくる。思考放棄でも現実逃避でもなく、物事を受け止めようと決意した。

それに、と線は思う。いくら「俺たちカップルです」と言っても、関係が成立して数時間しか経っていないのだ。ここでいきなり無体なマネをしたらどうなるか、イザークにもわかっているだろう。

「そうだな。やめろと言ってもやめなかったら、今後店に来ても何も売ってやらん、と。顔も見ないし話も聞かない、と。こんなもんだろう。逆に紳士的だったら好感度は急上昇だな。成り行きいかんでは未知の世界の階段を一つ上ってやってもいい」

線は、今後に立つ可能性のあるフラグを心の中に配置する。

するとちょうどよくイザークがシャワールームから出てきた。タオルで顔を拭くこともなく、両手で乱暴に前髪を掻き上げる。美形は何をやっても様になる見本というか、弟の美形っぷりに慣れている線でも、今のイザークは別格だった。

あまりに格好良くて、水の神様か妖精かと思った。

「すまないが、背中側に隙間を空けてくれ」

「え？　あ、ああ」

てっきり向かいに腰を下ろすと思っていた線は、首を傾げながらバスタブの中ほどに移動する。背後の空いた場所にイザークが入ってきた。

そこでようやく、線はこの格好が何を意味するのか理解する。

「……おい、イザーク」

バスルームに、線の低い声が響く。イザークは嬉しそうに小さく笑うだけだ。そのうち彼の両腕が線を背後から抱き締め、ぐいと引き寄せた。

「何をするか。少しは考えろ。俺がどれだけ緊張しているのか、あんたにわかるのか？」

「わかるよ、線」

耳たぶにイザークの唇が触れる。こそばゆくて、線は肩を竦める。

「余計な力が入ってるから首筋が張っている。それと……反応が過敏だ」

「そうなるだろ。風呂の中でどうやってやんだよ」

「……そうか。君はここで私とセックスをするかもしれないと、期待しているわけか」

違うと、そう言いたかった。なのにイザークに強く抱き締められ、首筋に顔をうずめられたら言えなくなってしまった。

セックスはともかく、快感への好奇心は人並みにある。

「俺が初心者だということを肝に銘じておけ」

イザークはまた嬉しそうに笑い、いっそう強く線を抱き締めた。

「それは重々承知しているんだが……君がいちいち可愛いことを言うから自信がなくなってきた」

するりと、イザークの指が動き出した。

彼の指は背後から脇腹を撫で、そのまま腰へと移動する。

「そ、そこから先は……侵入禁止だ」

「そうか。ではUターンしよう」

低い笑い声と共にイザークの指は線の脇腹を逆撫でて移動し、胸に触れた。

「え？　お、おい……っ」

そんなところを弄って楽しいのか？　硬いし。ぺたんこだし。

線はイザークが何をしたいのかさっぱりわからないが、イザークはすこぶる楽しいようで、両手をゆっくりと動かして線の胸を揉み出す。

「な……っ……そんな、こと……すんなよっ」

「でもね、線。ここをこうして弄ってあげると、気持ちよくなっていく」

揉まれた刺激で勃ち上がってきた乳首を、乳輪ごと摘まれて指先で擦られた。

「…………っ！」

線は息をのみ、体を震わせて声をこらえる。

ただ胸を弄られているだけなのに、くすぐったさはどこにもない。その代わり、緊張して萎えていた陰茎を硬く勃起させるほどの快感があった。くにくにと優しく弄られるたびに、線の体の中から次から次へと快感の波が押し寄せる。

線はイザークの指を拒否できずに声を上げた。

すると体は気が楽になったのか、さっきよりも素直にイザークの愛撫を受け入れる。

「ん、ん……っ……イザーク……っ」

揉まれ摘まれ、小刻みに弾かれては時折強く引っ張られる。線の乳首はすっかり硬く勃ち上がり、愛撫と快感で赤く膨らんだ。

「初めてで乳首が感じるのか。線は」

「あ、あ……っ……違うって……俺……っ……」

はいそうですなんて、恥ずかしくて言えない。線は首を左右に振って否定するが、イザークの指腹で先端をくすぐられて、今度は高く甘い声を出す。

「ちっ、違う……っ……今のは……俺の声じゃなくて……っ……いい年した男が、こんな声を出すわけないだろっ！　馬鹿っ！」

気持ちがいいのに恥ずかしくて死にそうだ。性器を愛撫されて声を上げるならまだしも、乳首を愛撫されて変な高い声を上げるなんて、あり得ない。

線はきゅっと体を丸め、「もうやめる」と情けない声を出した。

「感じるのは悪いことじゃない。君がどんな声を上げても、私は馬鹿にしたり笑ったりしないよ？　むしろ、私の愛撫に感じてくれているんだと、嬉しく思う」

イザークは線のうなじや首筋にキスを落としながら囁く。

「俺……この手のセックスの初心者じゃないか。……初心者なのに……さ、彼女とセックスしたときよりも感じてるって、おかしくないか？　凄く恥ずかしい」

ここで昔の彼女のことを言うのはデリカシーに欠けると、わかっている。しかし今の線には余裕がない。何もかも受け止めるしかないだろうと、頭ではわかっていても、いざ体験するとこんなにも焦るものなのかと、たった今知った。

それをイザークもわかってるのか、彼は笑いもからかいもせず「恥ずかしくないよ」と言う。

「別にいいじゃないか。君の彼氏は美しく逞しく、君を満足させるだけのテクニックと持

久力を持っている。おまけに、君が好きでたまらないんだ」

「……そ、そう……だな」

「だから、もっと可愛い声を聞かせてくれ」

「俺は来年……三十になるんですけど」

「何歳だろうと関係ない。私は君を愛しているんだ、線」

「そう言うなら……まずは、その……いきなり体を触るのではなく、だな」

線は蚊の鳴くような声で「キスが最初だろ」と言った。

言った自分が恥ずかしいとばかりに、線は耳まで真っ赤にする。

「そうだった。それをすっかり忘れていたということは、私もかなり焦っているのか」

イザークは笑みを浮かべて天井を仰いだ。

「俺は……あんたと唇を合わせるの……平気だから。初心者でも、それくらいは……」

線は広いバスタブの中で向きを変え、膝立ちになってイザークの肩に両手を置く。

「つき合うと約束したから……？」

「違う。キスは……最初から、いやじゃなかった。だから……今考えると、もしかしたら俺は……」

その先は言えなかった。

イザークが勢いよく線を引き寄せて、キスをしたのだ。

舌を絡め合い、吸い、口腔をなぞるように愛撫する。たまった唾液は飲み下し、再び寄越せと乱暴に口づけた。

二人ともバスタブの中で膝立ちしたまま、息継ぎをするのももどかしくキスを交わす。

「馬鹿……っ……イザーク……やらしい……っ」

「いやらしいことをしているんだから、当然だ」

イザークは嬉しそうに微笑み、線の顎にキスをする。彼の唇は少しずつ移動し、興奮してふっくらとした乳首を堪能してから、また移動した。

「な、なあ……その先は……ちょっと……初心者には……」

「安心しなさい。いきなり最初から私のマネをしろとは言わないから」

「でも……いつかは……するんだよな……？」

その、体形に似合ったご立派な物を銜えるときがくるってことですね。……でもまあ、その頃になったら、きっと俺は平気でやっちゃうんだろうな。

なんて思って、線は赤面する。これじゃまるで長いつき合いの恋人同士だ。

「そうだな、いつかはやってもらえると嬉しいかな。だが、本当に急がなくていい」

イザークはふわりと微笑んで、線の腹にキスをする。

「そんなふうに優しくされると……頑張ろうって気になるじゃないか」

「そうか。では、やり方を覚えてくれ」

バスタブの縁にそっと座らせられた。

イザークの声が聞こえなくなる。陰茎にイザークの吐息がかかり、線は彼の口腔にそっと包まれた。

「んぁ……っ……あ、あ……っ」

舌が動いているのがわかる。イザークの舌が線の陰茎の感じる場所を丁寧に辿り、嘗め、焦らすようにくすぐっていく。

それだけで、何年もセックスの機会がなかった線は快感で頭の中が真っ白になった。

ツボを心得た舌の動きがたまらない。小さな声で喘ぐと、気をよくしたイザークが強く吸ってくる。

「あ……っ……だめ……っ……そこ、……俺……っ出るって……っ」

鈴口を舌先でこじ開けるように先走りを嘗め取られると、身震いするほど気持ちいい。

「イザーク……っ……ん、んん……っ」

愛撫は陰茎だけではない。イザークの指は線の陰嚢を掌でそっと転がすように撫で、優しく揉んでいく。

「く……っ……ぁ、ああ……っ」

フェラチオの経験はあるが、こんなふうに二カ所を同時に責められたことはない。線は背を丸め、イザークの頭を掻き抱きながら「もっと」とねだった。

急所をさらけ出して相手に委ねているのに、信じられないほど気持ちがいい。

「イザーク……っ……イザーク……っ」

知らず知らずに線は腰を揺らし、切ない声を上げた。

もうイかせてほしい。耐えることを覚えるのは、まだ先でいいだろうと、線は「早く」と声を上擦らせる。

「そうだな。君のペニスは、射精したくてたまらないと、さっきから先走りを溢れさせている。いやらしくて可愛い」

イザークは口を離し、わざと線に唾液と先走りで濡れた陰茎を見せた。

恥ずかしくてどうしようもないのに、線は、それと同じくらい快感が背筋を震わせるのを感じた。

「イザーク……俺……もう……イきたい……っ」

「いいぞ」

イきたいと、そう言ったのに、イザークは再び線の陰茎を銜えた。

「え？　……俺……あんたの口の中に出すのは……っ……」

いやだと言おうとしたのに。後孔に指を挿入されて唇を噛み締める。湯に浸かって柔らかくなったそこは、いとも簡単にイザークの指をのみ込んだ。

「や……いやだ……っ……いきなり……っ……あ、ああ……っ……だめっ」

射精を促すように陰茎を強く吸われ、後孔の指を動かされる。

苦痛こそないものの、後孔への挿入は違和感しかない。それなのに指を増やされた。

「だめだって……ばか……っ……いきなり……初心者相手に……最後まで、やるのかよっ」

イザークは何も言わずに、一気に線を追い詰めていく。

後孔を貫く指が三本に増えたところで、線は突然体を震わせた。指の一本が、肉壁にある敏感な場所を刺激したのだ。

「や、もう、だめ……っ……だめだって、ほんとに……俺、こんなの……だめ……っ」

数度刺激されただけだが、これは耐えられる快感ではなかった。

線は「いやだ」と言いながらイザークの口腔に射精する。

イザークはそれを飲み干して、ようやく顔を上げた。

「ばか……飲むなよ、そんなの」

「君の味を覚えたかった」

途端に線は涙目になって顔を伏せる。

「恥ずかしい」と「気持ちよかった」の他に「嬉しい」という気持ちまで出てきて混乱した。

なんなのこいつ。恥ずかしい。こんな恥ずかしい男が、俺の恋人かよ。わかったよ。あんたにばっかり……奉仕させられねえだろ。俺だって、あんたがしたいことをさせてやる。

線は顔を伏せたまま「最後まで、してもいいぜ」と言った。

言ったはいいが声が小さい。

イザークは「ん？」と首を傾げて、線の顔を覗き込んだ。

「線。もう一回」

「何度も……言うことじゃないし」

「聞こえなかったんだから。頼む」

「決死の覚悟で言った台詞なんだぞ、こら」

「だからこそ、もう一度聞きたい。君のその、可愛い口から聞かせてくれないか？」

イザークと、線の視線が合った。イザークの目が笑っている。この男は、最初の台詞をちゃんと聞いていてなお、線にもう一度言わせようとしているのだ。

「な……っ」

「もう一度、言ってくれ。もっとはっきり、大きな声で」

「な、なんで……俺が……っ……」

それでも、イザークを見ていると体の奥が疼くのを感じる。線は、自分の適応力の高さに苦笑しながら、小さな溜め息をついた。

「馬鹿。……最後までしろよ。俺……も、してみたい」

「優しくする」

イザークが、線の体を抱き上げる。線は「当たり前だ」と彼にしがみついた。

世界で初めてこれを実践した人間は、本当に凄いと思う。

線は、ローションで濡らした後孔に、そっと陰茎を押し当てるイザークを見上げながら、そう思った。多分きっと、どうしてもしたくてたまらなかったんだろう。それくらい相手のことが好きだったのか、欲望に駆られていたのかはわからないけれど。

線はゆっくりと息を吐きながら、「好きすぎてやってしまった、の方がいいな」と思った。

「辛いか？」

ゆっくりと押し進めながらイザークが尋ねる。辛くはないが苦しい。あと、やっぱり怖いなと思いつつも、線は「平気」と答えた。

これ以上ないくらい優しくされているのだ。自分も少しぐらいは我慢してやろう。

線は両腕をそっと伸ばし、イザークの背に回す。

「あんたも……凄く我慢してるんだろ？　初心者が相手でごめんな」

「私はこれから、一生をかけて君をどう幸せにしてやろうかと考えていた。君が謝る必要などないよ」

「……………そっか」

「君が慣れたら、パラダイスだと思ってくれ。それこそ、新たな世界が広がる。趣向を凝らした様々な世界がね。だから安心しなさい」

「了解、した」

イザークがゆっくりと動き出す。

ああ、俺の中で動いてるのがわかる。熱くて硬くて……なんか、やらしい。

そう思った途端、線は「あ」と小さく喘いだ。

イザークに体の内を愛撫されている。

暴かれながら愛撫される。それがいい。気持ちよくて陰茎が屹立する。

「もう少し……動いてもいいかな？」

「動いて……俺……もっと……気持ちよくなりたい……っ」

イザークが目を細め、無邪気な顔で笑った。

暴かれつつ、暴いているような気がする。だからもっと違うイザークが見たい。

線は「イザークの好きに動いてくれ」と、彼の耳に囁いた。

遠くで、弟の声が聞こえた。そして、なぜか幼なじみの波田野の声まで聞こえる。

ジョーイが「やるんだよ！」と号令をかけていた。一体なんの話だ。

線はゆっくりと目を開けた。

窓から爽やかな風と日光が降り注ぐ。

「おはよう。よく眠っていたね」

ベッドに腰をかけて自分を見つめているのは、白馬の王子だろうか。キラキラとした美形に日光が当たって眩しすぎる。

でもなぜ白馬の王子がくたびれたパーカに膝の出たジーンズを穿いているのか。

「……イザーク？」

「ああ。少し無理をさせてしまった。申し訳ない。……君があまりに可愛らしかったから」

イザークの、今の笑顔は少し間が抜けていた。近所の新婚さんと同じ顔だ。

つまり幸せボケ。

「ああ……そういえば俺は……イザークの恋人になったんだな」

「そうだよ」

するりと、イザークの指が線の頬を撫でる。

「もう少し寝ていていい。外の仕事は私たちと、君の弟と友人……波田野君かな？　で、やっておく」

「元と波田野がいるなら俺は絶対に顔を出さないと……！　うぐ……っ」

線は起き上がろうとして体に力が入らず、イザークに体重を預けた。

「だから昨日……正確には今日未明、線はセックスで無理をして上手く動けない」

「ああああっ！　人がせっかくスルーしたのに二度も言うなっ！」

初体験が思いの外気持ちよかったので、つい「もう一回してもいい」と言ってしまった線は、本気モードのイザークに散々啼かされたのだ。

線は首まで赤くし、「俺は騎乗位は初めてだった」と、恨めしくイザークを睨む。

「次回からは気をつける。絶対に気をつける。暴走しない。だから、私が再び呼びに来るまで、ゆっくり体を休めてくれ」

イザークはパーカのポケットから鎮痛剤を取り出して線の口に押し込み、ミネラルウオーターのキャップを外してそっと飲ませる。

「……イザークが飲ませてくれるだけで、タダの水まで旨く感じる」

「そうか」

「起きたら、飯を作ってやるからな。すんげー旨い飯。元がどんな食材を持ってきたのかわかんないけど、絶対に旨いものを作る」

「実は私も、『お楽しみ』があるんだ。それを今日、見せられるといいのだが」

イザークはそう言って、首を傾げる線の額にキスをした。


「よーしっ！　君たちよくぞ頑張った！　道が通った！　これで、お目当ての箱は手に入れられるだろうっ！　今日中にトレジャーハントが終わるなら、僕のモデル友だちと合コン決定！」

ジョーイは長袖のTシャツにジーンズ、サングラス、頭には帽子で首にタオルを巻くという紫外線対策姿で、元と波田野を褒め称えていた。彼は相変わらず巨大なハサミを持っているが、キラキラと美しいルックスのままだ。

「合コンは嬉しいけど、俺は線に呼ばれて来ただけで開拓民ではないんだけどなー」

波田野が、軍手で額の汗を拭いながら溜め息をつく。よそ行きカジュアルな洋服は、草花の汁で深緑色に汚れていた。もちろん、高そうなスニーカーもだ。

「ここまで道を作っておいて、そういうことを言うのはやめましょう。ね？　波田野さん。俺、だんだんやる気が出てきた。箱ってなんだと思います？」

元はトレーナーでワイルドに顔の汗を拭き取り、巨大な鎌を構える。

「箱っていったら……アレだ。俺たちが小学生のときに見た、子供の幽霊が持っていた箱だろ。トレジャーハントだとすると、宝が入ってるってことか？　マジで？」

この洋館の幽霊の噂は元も知っている。というか、この屋敷の近所にある小学校に通っていた者なら誰でも知っている、まことしやかに語り継がれてきた噂だ。

「だとしたら、ジョーイさんたちはあの幽霊の子孫？　親戚？　でも、なんで一年前から住んでるのに、今頃……」

元は首を傾げて、裏庭に続く道を切り開いた。

そこは、昔は立派な花壇だったのだろう。綺麗に囲われた石だけが残っている。

「今は大人だし昼間だから怖くない。まったく怖くないけどさ、子供の頃の体験もあるしあまり気持ちのいいものじゃないよな……」

波田野は、子供の頃の恐ろしい記憶が蘇ってきたのか、眉間に皺を寄せて押し黙った。

そこへ、水筒と紙コップを持ったイザークがやってくる。

「いきなり仕事を押しつけて申し訳ない。しかし日当はしっかり払うから安心してくれたまえ。喉が渇いただろうと思って持ってきたんだ。飲んでくれ。甘く冷やしたミントティーが入っている」

なんとも爽やかで見ているだけで汗が引きそうな麗しい男が、ジャージ姿で現れる。

波田野は喜んで紙コップを受け取った。

「あの、俺の兄さんはどこにいるんでしょう。屋敷の中を掃除しているってジョーイさんから聞きましたが、俺はまだ会ってないです。俺の兄さんに」

元は「俺の兄さん」と強調して、イザークを睨みながらミントティーを頂く。

だが一口飲んだ途端に、表情が柔和になった。

「これ、美味しい……」

元が呟く横で、波田野は二杯目を飲んでいる。

「私には家事の才能はないが、飲み物を作る才能はある。線は今頃は、キッチンで全員分の料理を作っている頃だろう」

「そうですか。……ところで俺は、兄さんを譲る気はまったくありませんから。兄さんが俺の兄であることは生涯変わりませんし、俺が兄さんの一番傍にいます」

波田野は「また始まったよ重症ブラコンがー」とそっぽを向いて無視するが、イザークは天使のような微笑みを返して口を開いた。

「それでいいんじゃないか？　線も、君が大好きなんだし」

「え？」

てっきり、ガッツリ何かを言ってくるだろうと理論武装したのに、元の目の前にいる男は、自然体というかのんべんだらりんというか、「それはそれでいいんじゃない？」という緩い態度だ。

「あ、あの……」

「私ともっと話をしたいと言うなら構わないが、今はちょっとね、大事な用事があるから。あとにしよう」

イザークは元の肩を軽く叩き、彼が作った裏庭への道に向かう。

「……なんか、敗北感が尋常でないというか」

元は納得いかないように眉間に皺を寄せるが、波田野が「そんなことより、俺は宝が本当にあるのかどうか確かめに行くぞっ！」と大声を出したので、仕方なくついていった。

そして。

裏庭に全員集合した。

イザーク、ジョーイ、波田野、元、線の五人が集まった。線はイザークの服を借りて、しかも調理途中だったのでエプロン姿だ。

ジョーイが、肩に巨大ハサミを担いだまま、鬼軍曹のように仁王立ちする。

そして言った。

「僕と兄さんは子供の頃は金髪でした。成長するにつれ、この髪の色になったんです」

子供の頃は、金髪……だと？

線はイザークを見て、次に波田野と顔を見合わせた。二人とも考えていることは同じだ。

「子供の幽霊かっ！　あんたが外国人の子供の幽霊のマネをしていたのかっ！」

「だーまーさーれーたーっ！」

線と波田野はイザークを指さして大声を出す。

だがイザークは笑い出したいのをこらえている様子で、何も言わない。

「多分、あなたたちが見たという幽霊の正体は僕たちの妹。あの当時はまだ生きていたから、幽霊じゃない」

今、何やらサスペンス物に使われそうな台詞を聞いた。

線は「どういうことだ？」とジョーイに尋ねる。

「私たち家族は……」

今度は、イザークがジョーイの代わりに口を開いた。

そして語る。

父の仕事の都合で、日本とアメリカを行き来していたこと。一番下の妹は、日本のこの屋敷を気に入っていて　アメリカに永住すると決まったときも、ずっとここに住みたいと駄々をこねていたことを語った。

「君たちがしていた噂は、当時から知っていた。通っている学校は違ってもそういう噂は流れてくるものだ。『知ってるか、××小学校の近くにある洋館は幽霊が出るらしい』とか『外国のスパイが住んでいるらしい』とかね。……父は貿易の仕事をしていてね、しょっちゅう家を空けるから、そりゃあ、なんの仕事をしているのか周りからは不思議がられて当然だが……」

線と波田野は「申し訳ありませんでした」と顔を赤くした。

「どうしてもアメリカに帰りたくなかった妹は、こともあろうに両親の大事な宝石箱を隠したんだ。中には母が父から貰った婚約指輪も入っていて、母親は半狂乱。そのときの声もまた、『あの屋敷から女の幽霊の悲鳴が聞こえる』って噂になったらしい」

大事な物がなくなれば、それが見つかるまで日本に滞在すると思ったのだろう。

「そりゃあ、お母様も怒るよ。曾お祖母様の形見の、大きなエメラルドのリングまで隠されたんだから。僕、あれを遺産相続で狙っているんだよね。あんな大きなエメラルド、今では売ってないし」

イザークが嘆き、ジョーイがほくそ笑む。

つまり……お宝は本当にあったのだ。

「あ、あの……その、宝石箱は？」

波田野がゴクリと喉を鳴らし、手を挙げる。

「結局妹は頑として口を割らず、でも飛行機の時間は迫っているということで、お母様は泣きながらアメリカ行きを断行したわ。だから妹も結局泣き喚いたけど」

なんか凄い話だ。そんな立派な宝石箱を置いてアメリカに行けるなんて。

「母はあれだったな、向こうで山ほど宝石を買ってもらってたな」

「お祖母様がメチャクチャ同情してくれたからねー」

結局末の妹のしたことは、なんの成果も上げられなかったのか。やらかしたことは許されるものではないが可哀相な気がする。

線は、小学生の頃に出会ったあの子供が、どんな思いで夜中に屋敷を出て、宝石箱片手にうろついていたのかと思うと、胸が締めつけられた。

「誰も、話を聞いてやらなかったのか？　一人で悩んでたんじゃないか？　しかも、俺たちに宝石箱を埋めようとしているところを目撃されたんだ」

線の言葉に、波田野が小さく頷く。

見つかってしまったあのときは恐怖だったが、彼女がどんな思いだったかを知ると、ちょっぴり切ない。

「そして、一年前にいきなり手紙が見つかったんだ。兄さんの汚い部屋の中に『この手紙をもし奇跡的にお兄様が見つけられたら……』って、馬鹿にした見出しまでついて」

……そうか、アメリカでもイザークの部屋は汚部屋だったのか……。

線は違うところで目頭が熱くなった。

「宝石箱を埋めた場所が書かれた地図が入ってた。でも、場所を示すバツ印がいっぱいあって、どれが当たりかわからないようになってたんだ。最悪だよ。あの子はいつもタチの悪いことばかりしてみんなを困らせるんだ」

頬を膨らませるジョーイに、元が「でも故人を悪く言うのは……」と困った顔を見せた。

イザークとジョーイは「生きてるよ、妹」と、あっけらかんと言う。

「えっ！　だってさっき、『あの当時はまだ生きてた』って言ったから、こっちはもう死んでるものと想定して……っ！」

線は「おい」と突っ込みを入れてイザークを睨む。

「死んでもいいくらい憎たらしいから、ついそう言ってしまうんだ。ふふ。あの子は、今はアマゾンの奥地でカメラマンをしているよ。うちの一族は変わり者ばかりでね」

ジョーイは、変人一族の一人として胸を張って微笑む。

「了解。これで謎が解けた。……しかし、本当に宝石箱を見つけられると思うか？　廃墟だの幽霊屋敷だのいわれていても、誰かがこっそり出入りしていたかもしれない。俺は宝箱がある方に期待するけど」

もう宝箱扱いだ。

波田野は、二十年来の謎がようやく解けると、やる気がみなぎっている。彼は同窓会があったら絶対に話す気だ。線は苦笑しながら幼なじみを理解する。

「……で、この場所が最後のバツ印地点。大ざっぱな印だから、取りあえず全員で掘っていこうかと思うんだが？」

イザークの問いかけに、首を左右に振る者はいない。そんな夢のような話が現実にあるのなら、やはりこの目で見てみたいのだ。男のロマンだ。

「よし。では、ここに一列になって、順番に掘っていこう。子供が掘った穴だから、そんなに深くはないと思う」

イザークの号令で、全員が手に砂場用のスコップを持った。そしてしゃがみ込む。

「頑張ってね、みんな。僕はこれ以上日焼けしたくないし、肉体労働もしたくない」

あくまで、ジョーイは応援組らしい。

「あの、一つお願いがある。ジョーイさん、鍋の火を止めてきてくれ。そうすれば、あとは余熱で勝手に味が染み込んでいくから」

「了解した」

ジョーイは軽やかに、屋敷に向かって走り出した。


男四人は黙々と時折休憩を挟みながら、裏庭を耕した。正確には穴掘りだが、遺跡調査のように丁寧に掘り進めたところ、それぞれ綺麗な畝ができたのだ。

「ここまでやって見つからないとは……どういうことだろう」

イザークは溜め息をつく。

「でもこの土、結構いいな。太ったミミズがいっぱい出てきた」

線は「野菜を植えてもいいかも」と思いを馳せた。

「はー、煙草が旨い」

波田野は簡易灰皿を片手に一服を始め、元だけが黙々と土を掘り起こしている。

「お前も少し休め。……というか、せっかくの日曜なのに、手伝わせて悪いな、元」

「平気平気。……俺は絶対に宝箱を見つけ出す。意地でも見つけ出す。ここまでやって『実は埋めてません』なんて、そんな意地の悪いことはないだろう。だから、絶対に見つける」

真剣な眼差しで地面に話しかける元。それを見て、子供の頃から元を知っている線と波田野は「頑固が発動したか」と笑い合う。

「母はすでに宝石を放棄しているから、もし見つかったら何か持っていくかい？　私は構わないよ」

イザークの一言で、波田野が「マジか！」と本気になった。彼は簡易灰皿に煙草を入れると、鋭い目つきで地面を掘り進めた。

「俺は別に……石に興味ないな。どうせなら、ドイツ製の包丁のセットとか、新しいガス釜とか、そういうのが欲しい」

料理人らしい言葉に、イザークは歯を見せて笑う。

「では、元君の将来のパートナーにプレゼントするのはどうだろう」

その手があったか。

元の選んだ相手なら、さぞかし素晴らしい相手に違いない。

「よし、じゃあ俺も頑張って……」

「あったっ！　当たりっ！　当たったっ！」

線の声に元の大声が重なる。

イザークは立ち上がって、元が持ち上げた宝石箱の元に走った。


宝石箱は二十センチほどの長方形で高さは五センチほどある。どうやら銀でできていて所々黒ずんでいた。

イザークは丁寧に泥を払い、黒くすすけた宝石箱をまじまじと見る。

繊細な装飾が全体に施され、汚れていてもかなりの値打ちだとわかった。

みなしばらくは沈黙し、それを見つめる。

「所々……光っているのは、もしかして宝石が埋め込まれているのか？」

日光に反射する光は、どう見ても輝きすぎる。

「ああ。確かダイヤだったかな。母の祖先はもとはヨーロッパの貴族で、アメリカに移民

するときに全財産を持っていったと言っていた。その中の一つがこれだと」

お貴族様の祖先の遺産ですか。凄すぎる。

聞いた線は「ほほう」としか言えない。

「とにかく、これを持って屋敷に戻ろう。腹も減ったしな」

イザークは、宝石箱を両手で大事そうに抱えて歩き出す。線たちは満ち足りた表情で、その後ろをゆっくりと追いかけた。


みな腹が減っているはずだが、今は好奇心が勝った。

全員でキッチンに行き、作業台にビニールシートを広げて宝石箱を置く。

箱にはカギなどなく、隙間に埋まっていた土をドライバーで乱暴にこそげ取ると、簡単に開いた。

そして全員が沈黙する。

キラキラと目映い宝石の山だ。パールには艶がなくなってしまったが、他のものは信じられないほど保存状態がよかった。

「見て、このエメラルド。……大きくてまるで偽物みたい」

ジョーイは緑色のゼリー菓子のようなエメラルドの指輪を見て、うっとりとした。

波田野は「こんな高そうなもの、逆に貰えないわ」と呟いた。それは線と元も同じだ。

やはりこれは、本来の持ち主が持つべきだ。

「これで……謎が解けたわけだ」

スッキリしたけれど、物悲しさもある。

「ああ。ところで夏原。俺は近々同窓会を開こうと思う。内輪のな。お前も是非参加してくれ」

やはりそうきたか。

線は「もちろんだ。証人として参加する」と笑った。


ひと息ついたところで、それぞれ椅子に腰かける。波田野は、線の作った具だくさんの野菜スープとパンケーキを山ほど食べ、宝石の山を携帯端末のカメラでいろんな角度から撮り、ついでにジョーイとメールアドレスとSNSの連絡先、電話番号を交換し、「合コンの知らせ、待ってますから！」と固く約束して先に帰っていった。

「あいつ……一体何をしにここまで来たんだ？」

不思議そうに首を傾げる線に、元が「来月の試食会に、精肉加工会社の友人を連れていっていいか……とか言ってたから、その話じゃないか」と言う。

精肉加工会社が。うん。いいな。ここは一つ、コネを作っておこう。

線は「ふむ」と深く頷き、弟の頭を撫でる。

「え？　何？　人前でそういう子供扱いをしないでくれるかな？　恥ずかしいから」

元は、イザークがいる前ではいやなのだが、線にはいまひとつ伝わらなかった。

「そうか、元も兄離れか。そうだよな。いつまでも兄ちゃんに甘えてられないって？」

「え？　違う。そうじゃなくて……」

「もう一緒に風呂に入って、背中を流してもらうこともないのか。兄ちゃんは寂しい」

これにはジョーイが「えっ？」と頬を染め、イザークは眉間に皺が寄った。

「ちょ……ちょっといいかな、線。その年で、弟と風呂に入るのはいかがなものかと、私は思うんだが」

恋人同士に成りたてホヤホヤのカップルは、実は些細な出来事にも動揺する。

イザークは「少々不健全だ」と、線を諭した。ジョーイはジョーイで、「brotherhood

ステキじゃないか」と元に微笑む。

「……まあ、なんだ。その……宝石箱が見つかってよかったな」

線は「ところでイザークはいつまで日本にいてくれるんだ？」と付け足した。

今は日本で仕事をしているが、もともとイザークは、この宝石箱を捜すためにやってきたのだ。日本を拠点にすると言っていても心配してしまう。

「私の仕事はネット回線があれば世界中のどこでもできる。だから、君が望むまで日本にいるよ。君の傍にね」

改めて宣言してもらえて嬉しい。

線は「これがイザークの特別になるってことか」と納得して照れ笑いを浮かべる。

「じゃあ、この屋敷をもっと綺麗にするんだな？」

「ああ。アメリカにいる家族がいつ遊びに来てもいいようにね。それに君に愛想を尽かされたくないから」

優しく微笑みながら説明するイザークの前で、線の顔はみるみるうちに赤くなる。

「ば、馬鹿……野郎……っ、弟がいる前で……そんなことを……言うとは……っ」

「俺は何もかもわかってるから、兄さん」と言って元は微笑む。だが目はまったく笑っていない。

「僕も全部知ってるから」とジョーイ。こっちは単純に楽しんでいる。

二人の前で、線は椅子から転げ落ちた。なんだこれは。

「兄さんは一族にカミングアウトしているから、みんな知ってるの。僕も僕で運命の人に出会ったら性別関係なくつき合うだろうし。細かいことは気にすることないからね」

ジョーイはあっけらかんと言って、線を安心させる。

「俺は……そうだな。兄さんの幸せが俺の幸せだから。よく考えたらさ。兄さんが変な女子と結婚して苦労するより、この人の方がいいんじゃないかと」

「ちょっと酷くないか？　元君」

しょんぼりするイザークの横で線は「まあまあ。別にいいじゃないか。面と向かって反対されるよりも」と前向きだ。

「ううう……線がいいなら、私も納得する……」

「よし！　そんじゃ、騒ぎも一段落ついたから、今から屋敷の中を掃除するか！」

なんですと？

全員が、波が引くように線の言葉に引いた。

普段は頭脳労働の方が多いイザークと、初めて鎌を握って疲労困憊の元は、線の言葉に「信じられない」と愕然とする。

うっとりと宝石を見ていたジョーイも同じだ。

「……どうした？　おい、さっさと済ませようぜ。家族を呼んでもいいくらい綺麗にするんだろ？」

「線。私は君に、一番休んでいてほしいんだが」

イザークはそう言って溜め息をつく。

「俺は面倒くさいことはちゃっちゃと済ませたいんだよ。それに今、体調はすこぶるいい」

線は「俺は意外とタフだ」と言って、胸を張る。

このままでは、線一人で掃除をしそうな勢いだったので、イザークと元は疲労した体に鞭打ち、屋敷の掃除を手伝った。

誰もが思った。

何かと噂のあるこの屋敷の庭で、試食会が開催されるとは思わなかったと。

もうすぐ梅雨がやってくるというのに、今日は朝からとてもいい天気で、商店街から便乗出張してきた酒店のビールも飛ぶように売れる。

「今年の試食会は、ちょっと規模が大きくなったな」

線は三角巾にエプロンといういつもの「戦闘服」で、早くも出来上がっている常連客のみな様方を見て笑った。

バイトのレナは「そんなに飲んだら、次から次へと出てくる惣菜が食べられませんよー」と、おっさんたちを叱っている。

役に立てばいいとイザークが場所を提供した結果の、「元幽霊屋敷の、食べる場所だけはいっぱいあるよ」試食会。

アウトドア用のテーブルや椅子は常連客の持ち出しで助かった。しかも波田野のはからいで、精肉加工業者の営業の「うちの肉を使ってみませんか」というお誘いをありがたく受けたので、作りたかった惣菜は予算内に収まった。

元は出来上がった惣菜の大皿を持って各テーブルを回り、手伝いに加わったジョーイは「ちゃんとアンケートを書いてくださいね！」と念を押している。

祖父の丈も、今日は具合がよくて商店街の人々と語り合っていた。

「兄さんっ！　巾着肉団子が凄い人気っ！　アボカドとマグロのサラダがみんな美味しいって！　あ、これってさー、うちで食べてるチャーハン？」

キッチンでは線が八面六腑の大活躍で惣菜を調理している。寸胴や鍋には、仕上げを待っている惣菜が山ほどあった。

元は、作業台の上にあった卵とねぎのシンプルなチャーハンを見つめて笑う。

「おう。ちょっとな、試しに作ってみた。それを持っていってくれ」

「恥ずかしいなあ、うちで食べてるものを出すのって。いや、旨いのはわかってるんだけどさ」

元は照れ笑いを浮かべ、チャーハンを持っていった。

「線。こっちの野菜は全部皮を剥いたぞ」

ずっとキッチンの隅で黙々と野菜の皮を剥いていたイザークは、清々しい顔でバケツを持ち上げる。

「サンキュ。……そしたら、もう休んでくれ。冷蔵庫に冷えたビールが入ってるだろ？

今朝、酒屋さんのおっさんが持ってきてくれたんだ」

「では、洗い物を済ませてからありがたく頂こう」

「休めよ」

「大して働いていないぞ。……では、君のために旨い茶でも淹れようか？」

旨い茶で、線の目が輝いた。

「俺、あれがいい、あれ、凍頂烏龍茶！　あれの香りが一番好きだ」

「そうか」

イザークは茶葉の棚からご指名の缶を取り出し、茶器を用意する。

忙しく両手を動かす線と対照的に、イザークの動作は優雅でおっとりしていた。

「……よっしゃ、蒸しなすのそぼろあんかけの出来上がり、と」

線は大皿に惣菜を盛り、上からねぎのみじん切りを振りかける。

それを空の大皿と交換するように、レナが持っていった。

「……あと、厚揚げと牛肉のピリ辛炒めを作って、あと二分で豆腐とエビのシュウマイが出来上がって……そっちの鍋は豚汁。そういや焼き豚と焼き鳥もそろそろだな。こっちは夏スープのカレー味、と」

線はシュウマイのタイマーを見つめ、ふうと額の汗を拭った。

「お疲れさま」

目の前に差し出されたのは茶杯でなく耐熱グラスだ。

線は「なんだこれ」と笑って受け取る。

「一気に三杯分ぐらい？　……あー、いい香りだなあ」

「香りだけではないぞ」

「知ってる」

こと飲み物に関して、線はイザークの足元にも及ばない。グラスの茶を大事に一口飲んで、「極楽」と年寄りくさい感想を漏らす。

「では、私もその極楽とやらを堪能しよう」

イザークの唇が線の唇に重なり、優しく香りを奪っていく。

「他には？」

触れるだけのキスでイザークが満足するはずがない。彼とつき合うようになって、線はそれを覚えた。

「今は」

そう言いつつ、イザークは再び線にキスをする。今度は目尻だ。くすぐったくて、なんだか心の中が甘酸っぱい気持ちになっていく。ああ、これが恋ってもんなんだなと、三十路間近だというのに線の心は女子高生状態だ。

「そうだ、イザーク」

「ん？」

「仕事……ちゃんと進んでるか？」

線の問いにイザークはすっと視線を逸らした。線は問い詰めようとしたが、タイマーが「シュウマイが蒸し上がった」と知らせたので仕方なく鍋に向かう。

「俺にベタベタしてるだけでなく、ちゃんと仕事するって言ったじゃないか。俺はエージェントさんが気の毒になってきたぞ？」

そもそも、原稿が終わったらつき合うという台詞からこの関係は始まったのだ。なのにできていないとは情けない。

しかし食べ物の前では大声は出せない。なので線は、一旦イザークを向いて叱りつけた。

「満ち足りてしまうと、なかなか書けないのだなと。知り合いが、『作家は適度に不幸な方がいい』と言っていたが、私は今、実感しているところだ」

イザークは、幸せすぎで楽しいと付け足す。

「自慢するなよ、気恥ずかしい」

惣菜

「君のお陰だ。食事も旨いし、ベッドの中でも努力を欠かさない、最高の恋人だ。日本に来て、本当によかった」

線は自分の恋人ながら「そこまで言うか？」と冷静に突っ込みを入れた。

「兄さん、シュウマイは…………って、食欲を満たす場所で性欲は満たさないでほしいんだけど、イザークさん。兄さんから離れろ」

元は、ぴったりと寄り添ってニコニコと微笑み合っている二人、特にイザークに注意をした。

「失礼」

イザークは優雅な動作で離れ、線はちょっぴり頬を赤くする。

「シュウマイならそこに出来たてがある。何もつけずにそのまま食べろと言ってくれ」

「わかった。それと、さっきのチャーハンは、弁当にしろって商店街の会長さんに言われた。祖父さんが若い頃に作ってたチャーハンに味がそっくりで懐かしいって、泣きながら食べてた」

「弁当かー……。じゃあ、前向きに検討しよう。あと十五分ほどしたら今度は煮物部隊と豚汁部隊が突入する。夏スープを食べたいみなさんは、冷めるまでもう少し待てと言ってくれ」

元は「了解」と言いながら、シュウマイを持ってキッチンから出た。

「……で、さっきの仕事の話だが、イザーク」

「話を聞こうじゃないか」

「あのな、仕事をしない作家は無職とどこが違うんだ？」

「う……」

「毎日の積み重ねが大事なんじゃないのか？」

「それは、そうだな」

「今書いている話が進まないなら、いっそ、別主人公で。舞台はアメリカなんだろ？　だったら、どこかのダイナーの従業員が主役で……」

そこまで言って、線がクスクスと笑う。

イザークも「じゃあ、バディとして作家を出そうか？　お代わり自由のコーヒーしか頼めない、売れない作家」と、話に乗った。

「最後はハッピーエンドにしろよ？　俺、途中で呪い殺されたり、化け物に齧られて腐るのはいやだからな？」

「当然だ。……うん、なんかいいアイデアが湧いてきた。面白い話が書けそうだ」

「そうか。じゃあ、原稿が終わった暁には、俺が立派なケーキを焼いてやる」

「ご褒美は先払いがいい」

「それは都合がよすぎるだろ、作家様」

線はにっこりと微笑んで、今度は自分からキスをした。

END

あとがき

初めまして&こんにちは。高月まつりです。

定期的にやってくる「飯テロブーム」のおかげで、今回のお話しは次から次へと食べ物が登場しました。

書いてる私は「これ食べたいな」「この間作ったアレ、美味しかったから書いちゃえ」「甘味も出したいけどまとまらない」……なんて思いながらニヤニヤしておりました。

これがお惣菜屋さんで売ってたら嬉しいなと思う食べ物を書いたので、おしゃれな感じはありませんが、「夏屋」の惣菜はとても美味しいので、もしよろしければ名前からレシピを連想して作っていただけたら幸いです。

甘い物ももう少しいっぱい出したかったのですが、「パンの耳を入れて作るパンプディング」や、「ミカンの寒天」(とりあえず寒天で固める系)や「食べきれなくて熟したバナナのカップケーキ」などの実家感に溢れたものになりそうだったのでやめました。

惣菜店だからいいかなと思ったりもしたのですが、却下しました。

でもきっと、線は作っていると思います（笑）。

魚は自分で捌くし、肉も塊でもらっても捌けます。それぞれ商店街の鮮魚店と精肉店の店主に習いました。仲のいい商店街って好きです。


ところで私は、リンゴの入った甘めのポテトサラダを作ってみました。

懐かしい味でした。あと、美味しかったです！


遙か昔、惣菜店でバイトをしたことがあって、書いている最中にそのときのことがチラチラと脳裏をよぎりました。

野菜の皮むき中に手のひらが痒くなって、私だけビニール手袋をして皮を剥いたこともありました。油揚げや厚揚げ、こんにゃくなどの湯通しは夏はほんと暑くて大変だったなあ……とか。

そういや、巨大なガス釜で炊いたご飯はとても美味しかったです。

できあがった惣菜をパック詰めするときは容器に入れるのですが「エビチリ」のエビの数

や、「八宝菜」のうずらの卵の数を間違えないようにするのに神経を使いました。特にうずらの卵の数は大事ですよね。

私はモタモタと動いていましたが、「夏屋」にはレナちゃんがいます。

彼女は最速でパック詰めしてるんだろうなと想像できます。


イザークは日本の料理というか線の作った物が大好きな外国人として書きました。

納豆は克服できなかったけど、海苔は克服してます。

本編には書いていませんが、アメリカにいたときに弟のジョーイから「巻き寿司はヘルシー」と勧められて食べて以来大好きになりました。

「日本のベーカリーは惣菜パンがあって面白い」とのことで、町内会のベーカリーにもよく行きます。お気に入りは「焼きそばパン」と「チョココロネ」です。

彼の小説は映画化やドラマ化されていて、日本でも人気があります。ホラーやサスペンスがメインですが。

ちなみに彼は、著者近影と普段の格好にギャップがありすぎて、ファンとすれ違っても殆ど気づかれません。美形なのに……。

そして、このお話に素敵なイラストを描いてくださったこうじま奈月先生、本当にありがとうございました。

イザークも線も格好いい……格好いいのです！　嬉しい！

本当にありがとうございました。


最後まで読んでくださってありがとうございました。

次回作でお会いできれば幸いです。

髙月まつり

プリズム文庫をお買い上げいただきまして
ありがとうございました。
この本を読んでのご意見・ご感想を
お待ちしております!

【ファンレターのあて先】
〒153-0051 東京都目黒区上目黒1-18-6 NMビル
(株)オークラ出版 プリズム文庫編集部
『髙月まつり先生』『こうじま奈月先生』係

プリズム文庫

夏屋は、お屋敷の推し作家に執着されました

2023年09月29日 初版発行

著　者　髙月まつり
発行人　長嶋うつぎ
発　行　株式会社オークラ出版
〒153-0051 東京都目黒区上目黒1-18-6 NMビル
営　業　TEL:03-3792-2411 FAX:03-3793-7048
編　集　TEL:03-3793-6756 FAX:03-5722-7626
郵便振替　00170-7-581612(加入者名:オークランド)
印　刷　中央精版印刷株式会社
製　版　株式会社サンシン企画

© 2023 Matsuri Kouzuki　©2023 オークラ出版

Printed in JAPAN　ISBN978-4-7755-3020-7

本書に掲載されている作品はすべてフィクションです。実在の人物・団体などにはいっさい関係ございません。無断複写・複製・転載を禁じます。乱丁・落丁はお取り替えいたします。当社営業部までお送りください。